어느
소방관의
기도

# 어느 소방관의 기도

2015년 12월 25일 초판 1쇄 | 2024년 4월 30일 21쇄 발행

**지은이** 오영환
**펴낸이** 박시형, 최세현

**마케팅** 양근모, 권금숙, 양봉호, 이도경　**온라인홍보팀** 신하은, 현나래, 최혜빈
**디지털콘텐츠** 최은정　**해외기획** 우정민, 배혜림
**경영지원** 홍성택, 강신우, 이윤재　**제작** 이진영
**펴낸곳** (주)쌤앤파커스　**출판신고** 2006년 9월 25일 제406-2006-000210호
**주소** 서울시 마포구 월드컵북로 396 누리꿈스퀘어 비즈니스타워 18층
**전화** 02-6712-9800　**팩스** 02-6712-9810　**이메일** info@smpk.kr

쌤앤파커스(Sam&Parkers)는 독자 여러분의 책에 관한 아이디어와 원고 투고를 설레는 마음으로 기다리고 있습니다. 책으로 엮기를 원하는 아이디어가 있으신 분은 이메일 book@smpk.kr로 간단한 개요와 취지, 연락처 등을 보내주세요. 머뭇거리지 말고 문을 두드리세요. 길이 열립니다.

우리가 잊지 말아야 할 작은 영웅들의 이야기

# 어느
# 소방관의
# 기도

오영환 지음

차례

헌사

늘 깨어 있는 이 땅의 모든 소방관들에게,
뜨거운 사명으로 스러져간 순직 소방관들에게,
그리고 우리가 지켜내고자 하는 모든 이들에게
이 책을 바칩니다.

# 출동 벨은 예고 없이 울린다

만 19세. 한 남자가 죽었다.

법적 기준을 떠나 성인이라 부르기엔 앳된 얼굴이었다. 이른

저녁, 현관에 엎드려 있던 그를 이웃이 발견했다. 구급대원들이

현장에서 심폐소생술을 시행하는 동안 그의 부모가 도착했다.

남자의 어머니는 출근하던 아침에 잘 다녀오시라는 인사가 아

들의 마지막 목소리였다며 바닥에 주저앉아 울부짖었다. 녹슨

현관문은 차가웠고 심장 리듬은 일직선에서 움직이지 않았다. 어머니의 울음소리는 달리는 구급차 안에서도 계속됐다.

날씨는 습했다. 구급대원이 가슴을 누르는 동안 이마에서 흐른 땀방울이 식어가는 이의 가슴으로 떨어졌다. 병원으로 향하는 길 위에서 사이렌은 안타까이 울어댔지만 다급히 들어선 병원 응급실에서 의사는 어금니를 깨물며 고개를 저었다. 오랜 시간이 지난 듯, 심장이 이미 차갑게 굳어버렸다고.

구겨진 가운을 걸친 의사는 힘겹게 말했다.

젊은 나이였다. 하얀 시트가 청년의 얼굴을 덮을 때 어머니의 눈물은 절규로 바뀌었다. 간호사들이 누운 이의 몸을 닦아주었다. 땀에 젖은 구급대원은 그 옆에 선 채로 일지를 작성했다. 단 한 움큼의 응급 처치도 남지 않은 자리에서 자식을 잃은 어머니에게 다가갈 길은 보이지 않았다.

어깨를 늘어뜨리고 소방서로 돌아오자 또다시 출동 벨이 울렸다. 구급 차량은 골목 어귀까지 직접 걸어 나온 두통 환자를 이송해야 했다. 구급차 안은 방금 전 아들을 잃은 한 어머니가 흘린 눈물이 채 마르지 않고 있었다. 우리는 유난히 긴 밤길을 그렇게 몇 차례 더 달려야 했다.

변사 사건을 접수한 경찰서 형사계에서는 구급대원에게 전화해 환자를 발견했을 당시의 상황 설명을 요구했다. 왜 현장을 보존하지 않았냐고 따져 묻는 형사에게, 명백한 징후가 발견되지 않은 상태에서 의학적 사망 판정은 구급대원의 몫이 아니라는 것을 이해시키는 일은 어려웠다.

거리의 가로등이 하나둘 켜지기 시작했다. 희미한 불빛 사이로 매일 지나치는 거리를 가만히 바라보았다.

끝이 어디였던가. 이 길에 시작과 끝이 있던가.

익숙한 거리의 가늠할 수 없는 아득함에, 문득 현기증이 일었다. 나는 주저앉아 청년의 장례식장을 생각하다 그만두었다. 주머니를 뒤져 구겨진 곽에서 담배를 꺼내 물었다. 습한 날씨는 새벽녘까지 이어졌고, 흐린 하늘을 한참 바라봤지만 비는 아침까지 내리지 않았다.

나는 소방관이다.

하루에도 몇 번씩 떨어지는 출동 지령, 생사의 갈림길에서 고통에 울부짖는 사람들, 흩어지는 생명들 가운데 구해낼 수 있었던 그 작고 어린아이. 소방관이 아니었다면 상상조차 할 수 없었을 순간들을 나는 매일같이 경험하고 있다.

살려내지 못한 이는 누구였던가, 1분 1초만 더 빨랐더라면. 실낱같은 희망에 기대어 간절히 기도했고, 너무도 자주 반복되는 좌절과 절망 속에 수없이 무너져 내렸다. 그 모든 순간은 오랜 시간이 흘러도 지워지지 않는 가슴속 깊은 상흔으로 남았지만, 위험에 처한 누군가의 손을 잡고 구해낼 수 있던 어느 날 나는

나에게 주어진 임무와 사명에 최선을 다했기에 또 한 번의 감격

적인 눈물을 흘릴 수 있었다.

　소방관으로 살아간다는 것은 그렇게 참혹한 현실 속에서 또

한 기적과도 같은 희망을 발견해내기에 삶의 아름다움을 누구

보다 절실하게 실감하는 일이다. 오직 타인의 손을 잡아주기 위

한 일을 사명으로 삼는 삶. 그리고 소방관들은, 수많은 현장의

크고 작은 위험에 스스로 뛰어드는 날들 속에서 그 자신마저 불

살라지는 희생의 순간을 맞이하기도 한다.

　지난 2001년. 소방 역사상 최악의 참사로 기록된 홍제동 가정

집 화재 사건을 기억하는 사람은 이제 많지 않다. 단 한 사람을

구하기 위해 소방관 9명은 망설임 없이 불타는 집 안으로 진입

했다. 그때 벽이 주저앉으며 9명 전원이 매몰되었고, 6명이 숨졌

다. 당시 순직한 소방관들 중 고(故) 김철홍 님의 책상에는 이런

시가 놓여 있었다.

제가 부름을 받을 때에는,

신이시여

아무리 뜨거운 화염 속에서도

한 생명을 구할 수 있는 힘을 주소서


너무 늦기 전에

어린아이를 감싸 안을 수 있게 하시고

공포에 떠는 노인을 구하게 하소서


내가 늘 깨어 살필 수 있게 하시어

가냘픈 외침까지도 들을 수 있게 하시고

신속하고 효과적으로 화재를 진압하게 하소서


그리고

신의 뜻에 따라

저의 목숨을 잃게 되면

신의 은총으로

저의 아내와 가족을 돌보아주소서


〈어느 소방관의 기도〉라는 제목으로 알려진 이 시는 스모키 린(Alvin W. 'Smokey' Linn, 1923~2004)이라는 미국의 소방관이 현장에서 어린아이들을 끝끝내 구출해내지 못한 1958년의 어느 날 써 내려간 것이며, 한국에서도 인기 드라마나 영화에 등장하여 많은 사람들에게 널리 알려졌다. 그리고 나라와 시대의 구분을 떠나 이 세상 모든 소방관들에게 그 기도문에 담긴 의지, 어떠한 상황에서도 실낱같은 희망 속 생명을 향한 간절한 바람은 다를 바 없다는 그 의지를 담고자 이 책의 제목 역시 동명의 시에서 가져왔다. 현장의 수많은 비극과 희망을 가장 가까운 곳에서 온전히 바라봐야 했던, 글과 문장을 좋아하는 소방관인 나는 이 한 권의 책으로 사람들에게 한 걸음 더 다가가 보고자 한다.

분명한 것은, 나는 전문 작가가 아니다. 그저 소방관일 뿐이다. 나의 아픈 기억을 문장으로 다듬어 짧은 이야기를 조금씩 그려나갈 때, 나는 분명 오랜 상처의 깊은 아픔을 느껴야 했지만 동시에 낯선 글자와 문장 속에서 그 아픔에 대한 위로를 받을 수 있었다. 그리고 그 위로를 더 많은 이들과 나누고자 한다. 너무나 많은 힘듦과 어려움이 가득한 지금 우리가 마주한 이 시대에서 내가 간절히 지켜내고자 하는 모든 사람의 희망, 꿈, 그리고 각자가 특별하고 소중하게 여기는 그 모든 삶에 작은 위로와 희망의 메시지를 전하고 싶다.

부족한 이 책이 어떤 유용한 정보나 가르침을 줄 수 있으리라고는 기대하지 않는다. 다만 숨 쉬며 살아가는 지금 이 순간 너무도 당연해서 흔히들 잊고 지내는 '살아 있음'에 대한 소중함을 잠깐이나마 생각할 수 있다면 더 바랄 게 없겠다.

　덧붙여 그 소중한 생명을 지켜내고 구해내기 위해 지금 이 순간에도 사람에게 다가가고 있을 소방관들의 마음을, 그리고 이 땅에 뿌려진 소방관들의 피와 눈물을 잠시나마 떠올려준다면 고맙겠다.


2015년 12월
오영환

# 절망은 아직 나의 몫이 아니다

따르르릉. 따르르릉.

짙고 요란한 구급대 출동 지령 벨 소리가 울려 퍼졌다.

재빨리 굳은 몸을 일으키며 반사적으로 시계를 보았다. 4시 50분. 깊어가는 겨울의 해가 뜨려면 아직 긴 시간이 남아 있었다. 점퍼를 옆구리에 끼고 워커를 구겨 신은 채 기관반장의 뒤를 따라 달려 나갔다. 얼어붙은 듯 차고를 비추는 싸늘한 백색 조명등 아래 대오를 맞추어 서 있는 소방차들을 지나쳐, 오른쪽 끝자리에 주차된 구급차에 올라탔다. 시동을 걸고 출발할 때까지 소방서의 모든 복도를 관통하는 음향 설비에서는 신고 내용이 흘러나오고 있었다.

"우동 구급대 출동하세요! H아파트 102동 401호, 영아. 2개월 된 영아가 호흡이 없다고 합니다. 우동 구급대, 구급 출동."

"확인 완료, 우동 구급대 출동합니다."

무전으로 응답했다. 얼어붙은 거리를 통과하는 차량은 아직 많지 않았다. 예상 도착 시간 3분. 아니 4분? 상황실로부터 상황을 전달받는 동안 마음이 급해진다. 신고자는 전화를 받지 않았다.

상황실의 안내가 이어진다.

"전화 의료 지도 중이에요, 보호자가 CPR(심폐소생술) 시행 중."

"확인 완료, 우동 구급대 도착 1분 전."

구급차는 속도를 줄이지 않은 채 빠르게 아파트 단지 주차장으로 미끄러져 들어갔다. 사이렌 소리에 놀란 경비원이 기겁을 하며 차단막을 올린다. AED(자동심장충격기)를 꽉 쥔 손에 땀이 배어든다. 정차와 동시에 아파트 입구로 뛰어 들어갔다. 엘리베이터 위치는 15층. 기다릴 시간이 없었다. 계단으로 4층까지 뛰어 올라갔을 때, 비스듬히 열린 현관문 틈으로 여인의 울음소리가 울려 퍼지고 있었다.

생후 2개월. 겨우 팔뚝만 한 크기의 아기는 아비의 손에 발목을 잡힌 채 거꾸로 매달려 있었다. 초기 응급 처치. 나쁘지 않았다. 아비는 굳은 표정으로 아기의 등을 손바닥으로 후려치며 "제발, 제발" 소리를 중얼거리고 있었다.

달려가 아기를 받아 들었을 때, 작은 얼굴에는 이미 청색 빛이 감돌고 있었다.


제장, 늦어버렸나.

아기의 아비와 어미의 눈물 젖은 시선이 느껴졌다. 절망은 아직 나의 몫이 아니었다. 아기의 얼굴에 인공호흡기를 가져다 대었다.

그래, 가보자.

선배는 아기를 품에 안은 채 손가락 두 개를 세워 가슴 압박을 시작했다. 인공호흡기를 가져다 댄 나는 그를 따라 기관반장이 열어놓은 엘리베이터로 뛰어 들어갔다. 압박에 맞추어 아기의 몸이 움찔거렸다. 아가야, 조금만 더 힘을 내보자.


"보호자는 한 명만! 한 분만 탑승할 수 있어요."

짧은 순간 아비와 어미가 눈을 마주쳤다. 언뜻 본 바로 집에는 두 살배기 정도의 또 다른 아이가 있었다. 어미는 집에 홀로 남을 아이를 돌보기로 한 모양이었다. 문이 닫히기가 무섭게 구급차가 출발한다. 새벽 다섯 시, 사이렌을 울리며 해운대로를 질주한다. 다행히 아직 통행 차량은 많지 않다. 이 속도라면, 병원 도착까지 8분 이내.

부탁한다, 아가야.

가슴 압박을 계속하며 제세동기를 확인하지만 반응은 없다. 이마에서 땀방울이 흘러내린다.

한 번만 힘을 내보자, 아가.

아기의 아비가 초조한 눈빛으로 아기와 우리를 번갈아 바라본다. 제발, 제발……

인공호흡기 아래 아기의 새파란 얼굴을 바라보는 눈빛이 떨린다.

병원에 도착하자마자 응급실 인턴이 구급차 문을 열어 마중

한다. 상황실로부터 미리 연락을 받은 모양이었다.

아가야, 다 왔다. 의사 선생님 만나러 가자.


하지만 응급실 담당의는 아기를 잠시 살피고는, 베드에 눕히기가 무섭게 한숨을 쉬며 하얀 시트를 덮어버린다. 순간 발끈해 절로 손에 힘이 들어간다. 옆에 있던 선배가 손을 들어 나를 제지한다. 담당의와 눈이 마주쳤다. 심장 파트에선 독보적인 명성을 가진 그와 병원에서 몇 번 마주친 적이 있었다. 그가 고개를 저으며 말했다.

"SIDS(영아 돌연사 증후군)입니다. 이건 이유도 방법도 없어요."

무슨 말도 덧붙일 수가 없다.

아기의 아비가 뒤에서 그 모든 상황을 지켜보고 있었다. 어느새 흐느끼고 있다.

"아아. 안 된다, 아가야……. 안 된다."

젠장. 땀방울이 콧등을 따라 흘러내린다. 다시 한 번 주먹에 저절로 힘이 들어간다.

문득 울부짖던 아비가, 아기의 겨드랑이 사이에 손을 넣어 자신의 품으로 안아 들었다.

"미안하다 아가, 아빠가 정말 미안해. 지켜주지 못해 미안해."

이를 꽉 깨문다. 더 이상 어떤 미동도 없는 아기를 품에 안은 아비의, 그 뒷모습을 향해서는 그 어떤 경광등과 사이렌으로도 한 걸음의 거리조차 좁힐 수 없을 듯했다. 돌아서서 응급실 밖으로 나설 때 아기의 어미가 우리 곁을 스쳐 뛰어 들어간다. 문이 닫히기도 전, 절망으로 가득한 통곡 소리가 높게 울려 퍼진다.

병원 뒤 주차장으로 잠시 걸었다. 12월의 새벽 공기에 얼굴이 당겨온다. 담배를 천천히 꺼내 물었다. 올겨울엔 끊어야 하는

데……. 아기 아비의 떨리던 목소리를 떠올린다.

"미안하다……. 미안해, 아가야."

아기의 차갑던 몸뚱이와 파랗게 질린 얼굴과 그 모두를 품에
안은 아비의 뒷모습을 생각한다. 겨울의 새벽 공기가 몸 깊숙한
곳을 더듬는다. 겨드랑이의 땀이 식어간다.

뒤이어 나온 선배도 말이 없다. 담배를 꺼내어 물고서 먼 곳을
바라보는 눈빛이 흔들리고 있다. 선배에게 다가가 불을 붙여줬
다. 선배는 담배 연기 뒤로 쓴웃음을 지으며 어깨를 두어 번 두
들겨주었다. 기관반장이 자판기 커피 석 잔을 뽑아왔다. 우리는
나란히 서서 담배와 커피를 입에 물고 각자 생각에 잠겼다. 추위
가 한 걸음쯤 물러선 듯했다.

결국, 또 한 번의 이별을 지켜봐야만 했다. 언제나처

럼 최선을 다했지만, 이번에는 철저히 실패했다. 조금 더 빠르게 다가갈 순 없었을까. 조금만 더 일찍 도착했더라면, 그 자그마한 심장을 조금 더 이 세상을 향해 두근거리게 할 수 있지 않았을까.

아니다, 퍼렇게 물든 얼굴빛이 이미 말하고 있지 않았나. 부모가 발견했을 당시부터 이미 늦어 있었을 거야. 아니, 그 증상은 어쩔 도리가 없는 거야.

그랬다. 생후 1년이 채 안 된 핏덩이 아기들은 현대 의학이 아직도 밝혀내지 못한 미상의 이유로 그 조그마한 숨과 심장이 멎어버리는 경우가 세계 곳곳에서 드물지만 분명 끊이지 않으며 발생하고 있었다.


"인형 같더라고요. 아무리 봐도…… 그냥 인형 같아서."

귀소하는 구급차 안에서 선배에게 조심스럽게 말했다.

"그래. 차라리 인형이라고 생각해라."

"네…… 하지만 애 아빠가."

선배가 쪽창 너머로 돌아보며, 안타까운 눈빛으로 말을 끊었다.

"너무 슬퍼 마라. 일하기 힘들어진다."

구급차는 경광등도 모두 꺼버린 채 조용히 소방 파출소를 향해 나아갔다. 아침 9시 교대 시간까지는 아직도 두 시간이 넘게 남아 있었고, 출동 벨 소리가 울려 퍼지는 시간과 간격에는 그 어느 것도 규정된 바가 없었다.

시내 곳곳에서 수시로 발생하는 응급 환자들은 더러는 살고 대개는 죽었다. 죽음은 늘 너무나 가까운 곳에 있었고, 그곳엔 어김없이 슬픔이 따랐지만 일일이 그 슬픔에 젖어버릴 순 없었다. 그래서는 안 되었다. 의식적으로라도 익숙해져야만 했다. 끝없이 이어지는 낮과 밤의 시간 동안 수많은 생사의 갈림길을 향해 다가가야 하는 소방서의 구급대원으로서, 그 모든 개별적인 슬픔에 동화되어서는 아마도 그 어두운 중량감을 이겨낼 수 없을 터였다. 물론 주관적인 체험을 객관적인 시야로 바라보는 일은 결코 쉽지 않았다.

익숙해졌다고 믿던 그 어느 날에라도, 문득 고개를 돌려보면 슬픔은 여전히 그 자리에 가만히 선 채 조용히 나를 바라보고 있었다.

하지만 아직도 내 앞엔 소방서에서 보내야 할 무수히 많은 날들과 매일 달려가야 하는 수만 갈래의 출동로가 기다리고 있음을 알고 있었다. 씁쓸한 마음을 감추며 내가 할 수 있는 일은 그저 묵묵히 사용한 장비들을 정리하는 것이었다.

'무너질 수 없다.'

아직은, 괜찮다. 견딜 수 있다.


소방서에 도착한 구급차는 사이렌을 한 번 크게 울리고 반원을 그리며 후진해 차고로 들어갔다. 아침 일과를 준비하는 화재 진압대원들이 손을 들어 반겨줬다. 천천히 구급차에서 내렸다. 차고를 등지고 소방 파출소 청사 밖으로 나가, 멀리서부터 조금씩 밝아오는 해를 마주하고 섰다.

조용히 떠오르는 저 태양 너머로 앞으로 다가올 수많은 날들의 출동 벨 소리들과 그 뒤를 애처로이 따라붙는 사이렌 소리가 들려오는 듯했다.

시내 곳곳에서 수시로 발생하는 응급 환자들은
더러는 살고 대개는 죽었다.
죽음은 늘 너무나 가까운 곳에 있었고,
그곳엔 어김없이 슬픔이 따랐다.
하지만 의식적으로라도 익숙해져야만 했다.
끝없이 이어지는 낮과 밤의 시간 동안
수많은 생사의 갈림길을 향해 다가가야 하는
소방서의 구급대원으로서,
그 모든 개별적인 슬픔에 동화되어서는
어두운 중량감을 이겨낼 수 없을 터였다.

# 어째서 이런 날에도
# 사고가 나야 합니까

깊은 밤 구조 출동 벨 소리에 허리를 일으켜 세웠다. 눈을 비비며 선배의 뒤를 따라 차고로 달려 내려갔다. 소방서 임시 청사의 철제 계단에 뿌려놓은 염화 칼슘이 구조화 아래서 까드득 부서지는 소리를 냈다. 새벽 네 시가 넘은 시간, 구조대 소형 버스 내부엔 지난 저녁 화재 현장에서 묻어온 불 냄새가 가득했다.

지난밤 화재는 작은 빌딩 2층에서 시작돼 창문에 덧댄 나무를 타고 3층까지 번졌다. 노래 연습장 내부를 몇 번이고 교차 검색해 들어갔던 구조대원들의 전신에도 빠질 길 없는 화연이 짙게 배어져 있었다. 그 냄새는 지난밤의 격렬했던 화세와 보조 호흡기 아래서 꿈틀거리던 고등학생의 바들거림, 화재 진압대원들이 뿌려댄 물방울이 얼어붙어 방화복이 버스럭거리던 느낌을 떠올리게 했다.

앞좌석에서 개인 장비를 챙기던 선배가 문득 돌아보며 말했다.

"새해 복 많이 받어라."

"아…… 네. 선배님도 새해 복 많이 받으십시오."

"그래. 현장에서 늘 조심하고."

선배가 씨익 웃으며 말했다. 오늘은 설날이었고, 우리 팀은 부재자 없이 전원 근무 중이었다. 고참들은 항상 후배들에게 휴가를 가라고 등을 떠밀었지만, 후배들은 고참들도 수년째 명절마다 고향에 내려가지 못하고 있음을 알기에 서로 양보하다 결국 모두가 현장을 지키게 되었다. 이런 것이 또 하나의 가족이겠거니 하는 마음으로 서로 어깨를 붙인 채 명절을 보내고 있었다.

달려가는 차량 안에서 앞자리 선배의 헬멧 옆에 새겨진 글자를 바라보았다.

'광진 119구조대.'

코끝을 데우는 불 냄새를 한 번 더 깊게 들이마셨다. 통행 차량이 별로 없는 광나루길 양옆으로는, 쌓인 채 녹다 만 눈더미와 시커먼 매연이 뒤엉켜 지저분했다. 구조대 조끼에 매달아놓은 무전기에선 현장에 먼저 도착한 관할 119안전센터 화재 진압대원들의 상황 설명이 울려 퍼진다.

"요구조자(구조를 필요로 하는 사람) 1명, 한 3미터 추락하면서 전복한 것으로 추정! 장비가 필요할 것 같아요."

선탑에 앉아 있던 부대장님이 무전으로 응답했다. 사이렌을 더욱 높이며 도로를 내달렸다.

현장은 내부순환로에서 짧은 커브를 돌아 내려와 도심에 합류하는 지점이었다. 차량은 전복된 채 운전석 쪽으로 비스듬히 기울어져 있었다. 깊은 새벽 시간대, 단독 사고인 점을 감안했을 때 졸음운전이 유력해보인다. 하지만 늘 그렇듯 사고의 원인은 우리에게 중요하지 않았다.

운전석에 앉은 남성의 상체는 찌그러진 차량 하부에 깔려 있었다. 창문 쪽으로 고인 피 웅덩이가 조금씩 퍼져 나간다. 차석 주임님이 깨진 유리창 틈으로 요구조자의 몸을 만져보곤 한숨을 내쉬었다. 부대장님은 지휘대장님에게 다가가 고개를 저었다. 즉사 추정.

구조차가 진입하는 동안 뒤집힌 차의 사방으로 받침대를 세워 고정하고, 유압 전개기로 차량 앞문을 뜯어냈다. 깨끗한 정장 차림의 남자. 사고를 당한 이의 신원은 아직 그 이상 알 수 없었다. 차량 내부를 살피던 나는 뒤집힌 천장에 떨어진 지갑을 주워 경찰에게 넘겼다. 지갑 속에 있던 신분증엔 젊은 남자의 사진이 박혀 있었다. 86년생, 고작 스물여섯. 나와는 불과 두 살 차이. 나지막이 어금니에 힘이 들어갔다.

의자를 분리해 요구조자를 꺼내려던 계획은 결국 수정되었다. 어깨 상단 부위가 완전히 차량 하부에 깔려 있어, 자칫 요구조자의 신체가 더욱 훼손될 우려가 있었다. 구조차 후면에 설치된 대형 크레인을 차체에 걸어 당길 때, 나는 차량 뒷 창문 너머로 떨어져 있는 금빛 상자를 보았다. 다시 보니 보자기에 곱게 싸여 있는 나무 상자였다.

'설 명절 선물……인가.'

무심코 생각하다 신분증에 적힌 소재지가 떠올랐다. 현재 거주지는 지방의 한 오피스텔로 되어 있었다.

'지방으로 취직을 했었구나.'

설날 당일 새벽, 선물을 품고 향하던 목적지는 어디였을까.

어디선가 이른 아침 문간에 나와 아들의 귀향을 기다리고 있을 어느 부모의 모습을 생각하다, 문득 부산에 계신 나의 부모님의 얼굴이 떠올랐다. 고개를 가로저었다.

상념보다 구조가 먼저다.

이미 차갑게 식은 그의 몸을 들것으로 천천히 옮겼다. 참담한 모습이었지만, 시선을 돌리지 않았다.

가슴속 깊은 곳에서는 둥둥, 작은 울림이 일었다. 흔들리는 들것 위에서 그의 고개가 풀썩 옆으로 떨어졌다. 차마 이 상황을 납득할 수 없다는 듯이. 부모님을 두고 먼저 가는 발걸음이 어떻게 가벼울 수 있을까. 툭 떨어진 고개를 안쪽으로 조심스레 돌려놓으며 들것을 더욱 꽉 움켜잡았다.

'부디…… 좋은 곳으로 가시길 바랍니다.'

구급차에 들것을 실어 보낼 때, 멀리서 동이 트고 있었다. 전

봇대에 앉은 참새들만 지저귈 뿐 모두가 말이 없었다. 방한복에 튄 핏방울을 손으로 닦아내리려다 문득 장갑이 더 피투성이인 걸 깨달았다. 구조 작업은 종료되었으나 그 누구도 구해낼 수 없었다. 겨울날 새벽 우리가 흘린 땀방울은 차갑게 얼어붙고 있었다.

돌아오는 구조 버스 안의 불 냄새는 더욱 무겁게 가라앉은 듯했다. 침묵을 깨고 부대장님이 뒤돌아보며 말했다.

"가서 떡국이나 끓여 먹자. 국거리 소고기 샀다."

"2팀에서는 부침개 싸온다던데요. 같이 먹으면 되겠네요."

"그래 좋지. 퇴근길에 막걸리도 한잔할까?"

"정종은 어떠세요? 그래도 설인데."

다들 무거운 분위기를 털어내려는 듯 다소 과장되게 떠들어댄다. 그래도 침묵보다는 백 배 나은 듯했다.

현장에서 돌아와 샤워실의 뜨거운 물줄기로 땀과 화연, 피 냄새를 흘려보냈다. 잘 되진 않았다.

교대를 마치고, 퇴근길에 정종을 나눠 마셨다. 토끼 같은 딸들이 기다리는 부대장님은 먼저 일어서며 나에게 술을 한 사발 더 따라주었다. 차석 주임님은 형수님이 아들을 데리고 고향에 갔다며 쓸쓸히 말했다. 일찍 취한 나는 지난 크리스마스 저녁에도 트럭에 깔린 아저씨를 꺼내지 않았었냐며 왜 이런 날에도 사고가 일어나야 하는 거냐고 물었다. 선배들은 쓴웃음을 지으며 이런 날뿐 아니라 저런 날에도, 또 다른 날에도 사고는 언제나 늘 항상, 시시때때로 나는 거라고 말했다.

피로와 술기운에 지친 우리들은 각자 집으로 흩어졌고, 나는 자취방으로 걸어가며 올해도 오지 못하는 아들을 기다렸을 어머니께 전화를 걸었다.

"우리 아들, 설날 떡국도 못 끓여줘서 어떡하니."

"괜찮아요. 먹었어요."

"명절인데 쉬지도 못하고, 많이 힘들지?"

"좋아서 하는 일인데요. 못 가봐서 죄송해요. 어머니."

"그래, 소방서가 쉬면 안 되잖니. 네가 괜찮다면 됐지. 항상 조심하고."

문득 사고 현장에서 본 곱게 쌓여져 있던 금빛 보자기가 떠올랐다. 지방에서 올라오는 아들 대신, 설날 아침 낯선 전화를 받아야 했을 어느 부모가 생각나버렸다.

"어머니, 새해 복 많이 받으세요."

"그래. 시간 나면 한번 내려와라. 맛있는 거 해줄게."

전화를 끊은 후 나는 겨울 햇볕에 조금씩 녹아드는 담벼락에 기대었다. 따스한 하늘을 올려다보려 했지만, 점점 부예지는 시야 속 흔들리는 세상이 한 방울씩 바닥으로 떨어져 내렸다. 어린 구조대원인 나의 끅끅거림 아래로 간이 깊었던 떡국 속 소고기 내음이 한 움큼 올라오고 있었다.

"모두 풍성한 한가위 보내라! 술은 조금만, 명절은 즐겁게!"

2011년 당시 함께 근무했던 구조대원 단체 채팅방에 부대장님의 메시지가 날아들었다.

모두가 그립고 보고 싶었다. 그리운 나의 옛 식구들……

현장과 일상에 항상 안전이 가득하시길. 메시지를 바라보며 웃음 짓던 나는 조용히 기도했다.

선배들에게 물었다.
왜 이런 날에도 사고가 나야 하냐고.
선배들은 말했다.
사고는 언제나, 항상, 시시때때로
나는 거라고.
술 한 사발을 더 들이켰다.
술맛은 선배들의 쓴웃음을
닮아 있었다.

# 그 여름,
# 기적처럼 마주 잡았던 작은 손

8월 중순이었다.

늘 그렇듯 부산 해운대 해수욕장은 전국에서 몰려든 피서객들로 가득했다. 하지만 사람들은 모래사장에서 발만 동동거릴 뿐 바닷속으로 한 발자국도 들어가지 못했다. 태풍으로 파도가 거세져 119수상구조대가 피서객들의 입수를 통제했기 때문이다. 구조대원 대부분은 종일 수변에 나가 피서객들을 막아내느라 분주했고, 해수욕장 관리사무소 역시 계속되는 민원에 시달리고 있었다. 결국 오후 4시를 조금 넘겼을 때 시청으로부터 전화 지시를 받은 수상구조대장은 굳은 표정으로, '무릎까지'라는 제한을 두고 입수를 허용했다. 하지만 그 제한이 무의미함을 잘 아는 대원들은 신이 나 뛰어드는 피서객들을 통제함에 더욱 더 필사적으로 매달려야 했다.

"영환아! 제트 한 바리 하러 갈래?"

"네! 알겠습니다."

해운대 해수욕장 전 구역이 한눈에 내려다보이는 위치에 자리한 119수상구조대 CP(지휘소). 당일 근무조인 권용옥 팀장님의 박력 있는 목소리가 해변이 떠나갈 듯 울려 퍼지자 곧이어 모래사장을 누비던 앳된 목소리가 크게 소리쳐 대답했다. 높은 파도로 인해 계류해놓았던 제트스키(수상오토바이) 한 대를 투입하기로 결정했고 팀장님이 의무소방대원 한 명을 데리고 직접 근무를 나가기로 한 것이다.

당시 해운대 수상구조대에는 소방공무원 20여 명이 2교대로 근무하고 있었고 의무소방대원 다섯 명이 상주하며 복무하고 있었다. 5월 군번으로 이방(군대로 치면 이등병) 계급이었던 나는 보기 드물게 소방공무원을 목표로 하고 있는 의무소방대원이었고 그런 내겐 구조대원들과 근무할 수 있다는 것만으로도 매일매일이 행복하기만 했다. 덕분에 함께 근무하는 대원들뿐 아니라 박호덕 구조대장님과 류주택, 권영옥 팀장님도 그런 내가 기특하다며 구조정과 제트스키, 망루 근무에 자주 배정시켜주었다.

구조대 근무 경력 십수 년에 해수욕장 수상구조대 창설부터 매년 근무를 나왔던 베테랑 팀장님이 제트스키 운전대를 잡았다. 나는 달라붙는 습식 슈트를 입고 스킨핀(오리발)과 기다란 소시지 모양의 레스큐 튜브를 챙겼다. 우리는 그렇게 높디높은 파도를 뚫고 제트스키가 계류된 부표 지점으로 나가 임무를 시작했다.

불과 한 시간이 채 지나지 않아 제트스키가 세 번이나 전복되었다. 팀장님의 노련한 운전 실력은 건재했지만 피서객들에게 아주 잠깐 시선을 돌려도 집채만 한 파도가 덮쳐들고 있었다. 나는 그 와중에 나동그라져 스킨핀 한 짝을 잃어버린 채 해변까지 휩쓸려왔다가 다행히 머리맡으로 떠내려와 간신히 다시 제트스키로 복귀할 수 있었다. 그렇게 우여곡절을 겪고 있었다.

"이야…… 이러다 우리까지 죽겠다야."

"저는 저 오륙도에 묻어주십시오. 팀장님."

"그건 돌섬이야. 인마."

깊게 들어왔다가 쓸어 나가는 파도 앞에서 무릎의 기준은 무색해져만 갔다. 피서객들은 순식간에 1차 부표선까지 휩쓸려와 살려달라고 소리쳐댔다. 바다 위의 구조대원들은 시간이 흐를수록 점점 지쳐갔지만, 넓디넓은 해운대 바다를 지켜내려 모두 숨을 헐떡이며 사방을 경계하고 있었다.

그러던 순간, 팀장님의 목에 걸려 있던 무전기로 다급한 소리가 울렸다.

"제트 하나, 여기 CP! 즉시 13망 열한 시 방향 2차 부표로 이동!"

대답할 새 없이 높은 파도를 뚫고 나갔다. 팀장님은 최대 속도로 제트스키를 몰아갔고, 나는 성난 바다에 깨진 파도 속에서 시야를 확보하기 위해 눈을 부릅떴다. 거리를 좁혀갈 때 저 멀리, 전방 십여 미터 앞 수면에서 위태로운 그림자를 발견했다. 2차 부표를 넘어선 지점에서 떠올랐다 가라앉기를 반복하는 희미한 몸부림.

권 팀장님은 제트스키의 속도를 올려 최대한 근접한 뒤 방향을 틀며 소리쳤다.

"내리라!"

레스큐 튜브를 옆구리에 끼고 측면으로 돌아앉아 오른 다리를 내뻗었다.

풍덩.

그 순간 성난 바다는 또다시 높다란 파도를 껴안은 채 덮쳐들었고 나는 먹구름 낀 검은 물 아래 무기력하게 내동댕이쳐졌다.

"푸우."

자세를 바로 하여 수면 위로 솟구쳐 오르자, 바닷물로 꽉 찬 귓바퀴에 팀장님의 다급한 외침이 날아들었다.

"어디 갔노! 빨리 찾아라!"

정신을 차리고 고개를 들었을 때 제트스키는 방향을 틀어 안전거리 밖으로 물러나 있었고, 내 앞에 있던 요구조자의 흔적은 보이지 않았다. 심장이 내려앉는 듯한 불길함이 온몸을 감쌌다. 나는 생각할 겨를 없이 무작정 잠수했다. 수면 아래로 턱을 당긴

채 힘껏 몸을 굴렸지만 짙은 어둠의 물결에 가려진 시야엔 아무
것도 잡히지 않았다.

구조대원은 절대 포기하는 거 아니다.

중앙소방학교 구조교관의 목소리가 떠올랐다. '자신의 가족
이라 생각해도 포기할 수 있겠나.' 고개를 내저으며 손을 뻗은
순간.

깊은 수심 속에서 버둥거리는 내 손에 너무나 강력하고도 간
절한 손길이 와서 닿았다. 내가 먼저 잡은 것이 결코 아니었다.
그 어떤 간절한 힘이 수압을 뚫고 내 손을 강하게 붙들고 있었
다. 마주 잡은 손을 꽉 잡고 힘차게 핀을 차며 수면 위로 끌어 올
렸다.

아…… 이럴 수가.

너무도 작은 여자아이였다. 열 살 정도나 되었을까.
동그란 얼굴이 파랗게 질린 채 눈이 풀려 있었다. 소

리칠 힘이나 의지는 남아 있지 않은 듯했다. 의식조차 혼미해 보였다. 그러나 아이의 조그만 손은 진정 놀랄 정도의 강한 힘으로 나의 손을 간절히 부여잡고 있었다. 서둘러 레스큐 튜브를 아이의 겨드랑이 아래에 두르고 양 끝을 연결했다. 작은 몸이 행여 빠져버릴까 튜브에 달린 슬링으로 한 번 더 둘러 묶었다. 그 와중에도 파도는 쉴 새 없이 밀려들었고, 나는 숨을 깊게 한 번 들이마시고 아이의 눈을 바라보았다. 바르르 떨리는 아이의 몸이 차가웠다. 조그만 손을 다시 한 번 단단히 움켜쥐었다.

"괜찮아. 아저씨가 구해줄게."

손과 손 사이로 온기가 퍼졌다. 도저히 감당할 수 없었던 파도는 더 이상 두려움의 대상이 아니었다. 높은 파도가 다시 밀려들 때, 나는 해변을 향해 양팔을 번갈아 던지며 빠져나오기 시작했다.

어느새 해변가 위로 구경하는 사람들이 북적거리고 있었다.

안전한 지점에서 다가오는 수변 근무 대원에게 작은 아이를 안아 올렸다. 그 너머 백사장으로 하얗게 질린 한 부부가 보였다. 발을 구르며 초조하게 우리를 기다리고 있었다.

아이의 부모로구나.

다가가, 이제 아이는 안전하니 안심하라고 말해주고 싶었지만 내 임무는 여기까지였다. 몸을 돌려 다시 바다로 향했다. 힘겹게 제트스키에 복귀했을 때, 권 팀장님이 웃으며 소리쳤다.

"잘했다 영환아! 니가 사람 하나 살린기다!"

CP에서도 무전이 날아왔다.

"Good Job! 수고했습니다."

쑥스럽게 해변 너머로 거수경례를 날렸다.

저 멀리 병원으로 향하는 구급차의 사이렌 소리가 들려왔다. 해가 기우는 바다 위에서, 파도는 조금씩 잠들고 있었다. 문득 고개를 돌려 석양 아래 내 손을 바라봤다.

수면 아래 너무도 조그맣던 손길. 처음으로 마주한, 생명을 향한 강렬한 의지.

그 간절했던 작은 손의 온기가 아직도 내 손에 깊게 배어 있는 듯했다.

소방관의
현장
노트
1

# 이제는 정말 그만하고 싶습니다

아직도 수년 전 보았던 한 영상을 똑똑히 기억한다.

어느 늦겨울의 깊은 새벽, 서울 서대문구 홍제동의 한 주택에 불이 났다는 신고가 접수되었다. 화재가 난 2층짜리 연립 주택 건물은 좁은 골목에 위치하고 있어 소방관들이 도착했을 땐 이미 최성기에 다다른 화염에 휩싸여 있었다.

집주인인 한 노부인은 아직 집 안에서 아들이 나오지 못했다고 발을 구르며 울었고, 그 말을 들은 소방관 9명은 화염에 맞서 곧 건물 내부로 진입했다. 강렬한 화세 속에 대원

들이 조를 나누어 아들의 행방을 찾기 시작하던 순간, 2층
짜리 연립 주택은 굉음을 내지르며 무너져 내렸다. 내부로
진입했던 소방관들은 슬래브 지붕과 콘크리트 구조물에
그대로 매몰되었다. 입구 가까이에 있던 3명은 가까스로
구조되었지만, 2층 깊숙이 진입했던 구조대원과 화재 진압
대원 6명은 콘크리트 더미에 깔려 그 흔적조차 찾을 수 없
었다.

중장비를 급하게 동원했지만 좁은 골목에 늘어선 수많
은 불법 주차 차량 때문에 현장으로 들어서기까지 많은 시
간이 지체되었다. 그사이 구조대원들은 맨손으로 콘크리
트를 깨부수고 들쑤시며 매몰된 동료들의 이름을 애타게
울부짖었다. 새벽녘이 서서히 빛을 드리울 때 현장에는 그
해 겨울 마지막 눈발이 흩날렸다. 소방관 6명은 끝내 차갑
게 식은 주검으로 동료들의 품에 안겨 병원으로 옮겨졌다.
좀 더 신속하게 장비를 동원했다면 구할 수 있지 않았을
까. 남은 이들은 죄책감에 고개 숙여 뜨거운 눈물을 흘려

야 했다.

　사고 현장을 수습하는 과정 중 집에서 나오지 못했다던 집주인의 아들은 화재 후 바로 대피했으며 정신 병력이 있는 그가 술을 마시고 노모를 폭행한 뒤 집에 불을 지른 것으로 밝혀졌다. 오직 그날 새벽 집에서 이미 빠져나간 이를 찾아 화염 속으로 진입한 소방관들만이 무너진 건물 아래 파랗게 질식된 얼굴로 잠들어야 했다.

　물론 그 아들이 방화를 저질러 일어난 화재임을 미리 알았다고 해도 소방관들은 분명히 그를 구하려 최선을 다했을 것이다. 집 안에 그가 있을 가능성이 아무리 적었다 해도 실낱같은 희망만을 바라보며 어둠 속으로 진입했을 것이다.

　그것이 우리의 일이니까. 우리는 소방관이니까.


　그러나 그 비극적인 재난 뒤에 살아남은 자들은 가슴속 깊이 동료를 잃은 슬픔과 가장 가까운 이를 구해내지 못했다는 자책감, 괴로움을 짊어진다. 많은 시간이 지나도 결코 지워지지 않는 참담하고도 깊은 상처를 평생 안고서 살아간다.

어느 방송에서 당시 현장에 있었던 한 구조대원을 인터뷰했다. 그는 10여 년이 지난 그 순간을 회상하며 숨겨왔던 속마음을 털어놓다가 눈물에 목이 메어 간신히 말을 이었다.

"솔직히 말해도 됩니까. 이제…… 이제 그만하고 싶고…… 정말 이제는 그만하고 싶습니다."

- 매년 순직하는 소방관 평균 7명.
- 소방공무원 평균 수명 58세.

그러나 우리는 한숨을 내쉬며 주저앉아 있을 수만은 없다. 다시 기동화의 신발 끈을 조여야 한다. 동료의 순직에 대한 슬픔을 채 털어내지 못한 날들이라도 그 언제 어느

순간에나 출동 벨은 울려댔고, 우리는 다시금 다치고 아픈

이들이 신음하는 사고 현장으로 달려가야만 한다.

　이것이 지금 우리의 현실이다. 이 순간에도 많은 소방관

들은 위험 속으로 뛰어들고 있다. 아프다. 아프면서도 말을

아낀 채, 그저 묵묵히 현장으로 달려가야 한다. 우리는 소

방관이니까.

# 희망은
# 숱한 절망 속에서 피어난다

무더운 7월의 어느 월요일, 오후 3시를 조금 넘긴 시각. 익숙한 구급 출동 벨 소리가 길음119안전센터 청사 가득히 울려 퍼졌다. 9살 아이가 사탕이 목에 걸려 호흡이 멈췄다고, 상황실의 무전 내용이 사이렌을 울리며 달려가는 구급차에 흘러나온다. 문득 마음속에 초등학교 2학년 학급 부반장을 맡고 있는 첫째 조카의 미소가 떠올랐다. 다급함이 머릿속을 가득 채운다. 초조함이 내 이마에 선명히 드러난다. 소아용 인공호흡 장비와 소생 장비를 가득 안고 현장으로 뛰어 올라갔다.

다행히 현장에 먼저 도착해 있던 돈암 구급대원들이 웃으며 반겨준다.

"괜찮아요. 도착 전에 사탕이 나왔다네요."

"아……."

자신 때문에 119 아저씨들이 이렇게나 많이 왔다며, 엄마의 뒤로 숨는 아이의 수줍은 미소가 보인다.

"다행입니다. 정말 다행이에요."

어느새 내 얼굴 가득 안도함이 번진다. 돌아오는 차량 안에서, 나의 사수이자 현장 경력 16년 차 베테랑 구급대원이며 동시에 두 초등학생 자녀를 둔 어머니인 박 주임님이 미소를 지으며 나에게 말했다.

"너무 감정 이입하지 마라, 그러다 지친다."

바로 그때, 우리의 관할 구역에 심정지 환자가 발생했음을 알리는 무전이 날아들었다.

현장은 정릉동 고개의 한 아파트에 있는 1층 엘리베이터 앞.

운전대를 잡은 최 반장님은 액셀을 힘껏 밟으며 사이렌을 높인다. 박 주임님이 잡은 무전기에서 다급한 현장 상황이 흘러나오고 있었다.

"삼각산구급대 현장 활동 개시. 목격자 CPR 중!"

"길음구급대 도착 2분 전! 참고하세요."

가장 근접해 있던 강북소방서 소속의 삼각산119구급대가 먼저 도착해 있었다. 엘리베이터 앞에서 쓰러지는 것을 목격한 이웃이 가슴 압박을 실시하고 있었고, 첫 번째 분석에 제세동 1회가 실시된 상황. 현장으로 뛰어 들어간 즉시 구급대원 여섯 명이 손을 맞춘다. 2급 대원들이 가슴을 압박하며 인공호흡을 실시하는 동안, 1급 응급구조사 대원 2명이 환자의 입에 전문 기도 유지

장비를 삽입하는 동시에 양팔 혈관에 정맥 주사로를 확보했다.

소식을 듣고 뛰어 내려온 노부인은 지병도 없이 건강하던 양반이라며 눈앞의 상황을 이해하지 못했다. 쓰러진 노인은 70대. 고령이었지만 체구는 놀랄 만큼 건장했고, 굵은 팔뚝에는 푸른 정맥로가 선명했다. 노인과 함께 엘리베이터를 기다리던 목격자는 119에 신고하는 동시에 적절한 가슴 압박을 실시하고 있었다.

빠른 신고와 가슴 압박, 그리고 구급대원의 빠른 제세동과 전문 소생술.

응급구조사 교육 당시에 배웠던 심정지 소생의 고리 이미지가 떠올랐다. 건강한 신체는 그 가능성을 열어주고 있다. 숙련된 대원들의 효과적인 압박과 이완이 교대로 실시되었고, 현장에서 세 번째 제세동이 그의 몸을 관통했다. 순간 환자가 숨을 크게 내쉬며 양팔을 이리저리 휘젓는다. 제세동기에 그려지는 심전도는 정상적인 QRS 파동(심실의 수축 여부를 알 수 있는 파동). 대원들이 눈빛을 교환했다.

"출발합시다!"

격렬한 두근거림의 발생지가 내 심장인지 환자의 심장인지 알 수 없었다. 나도 모르게 주문처럼 되뇌었다.

살릴 수 있다, 살릴 수 있다.

하지만 환자를 들고 뛰다시피 해 아파트 입구에 세운 구급 차량에 다다랐을 때 우린 다시 멈춰야 했다.

"잠시 대기! 이상해요!"

"압박 시작합니다!"

그 짧은 순간, 심장은 또다시 힘을 잃고 부들거리고 있었다. 다급히 삼각산 구급 차량에 들것을 밀어 넣으며 구급대원 3명이 올라탔고, 운전석의 엄 반장님은 사이렌을 크게 울리며 속력을 올렸다. 아파트 단지를 나서는 삼각산 구급차 뒤로 길음구급대가 충격에 비틀거리는 노부인을 부축한 채 뒤따르기 시작했다.

제발, 제발 한 번만.

정릉동에서 고려대병원으로 향하는 아리랑 고개는 구부러진 오르막과 내리막의 연속이었다. 고개에서 이어지는 울퉁불퉁한 개운산 길은 정릉동의 구급대원들에겐 수없이 많은 환자를 태워 옮기던 주요 이송로였고, 신음하던 많은 이들에겐 생사의 갈림길이었다. 구급대원들은 멈춰버린 심장 앞에서 매번 절망해야 했고, 다시금 희망을 꿈꾸면서도 잦은 비극 앞에 점차 무뎌져야만 했던 그런 길이었다.

"잠시 차량 멈춰주세요! 분석 들어갈게요!"

"차량 정지!"

제세동기를 들여다보던 조 반장님의 외침에 가속하던 차량이 갓길로 정차한다. 노인의 가슴을 누르며 호흡을 쥐고 있던 나와 박 반장님이 비좁은 공간에서 몸을 뒤로 젖힌다. 구급 차량 칸막이를 나누는 간이 창 너머로 운전석의 엄 반장님이 긴장된 표정으로 돌아본다.

"분석 실시. 환자에게서 떨어지세요."

제세동기 신호에 구급대원 세 명이 동시에 손을 떼며 서로의 안전을 확인한다.

"쇼크!"

붉게 깜빡이는 버튼을 누르는 순간 200줄의 전류가 관통한다. 노인의 몸이 들썩인다. 하지만 불규칙하게 요동치는 심전도 리듬은 좀처럼 돌아오지 않는다.

"끄어어……."

문득 기도 삽관을 해놓은 환자의 입에서 불안정한 심정지 호흡이 흘러나온다. 환자의 양팔에 연결된 18게이지 주삿바늘을 통해 500ml 수액 두 팩이 쉴 새 없이 흘러들어 가고 있다.

"차량 출발! 다시 압박 시작합니다!"

중단 없이 이어진 200회의 압박과 이완. 흘러내리는 땀으로

눈앞이 흐려진다. 머리를 수없이 벽면에 부딪히며 겹쳐 쥔 손
에 나의 모든 집중을 다한다. 체중을 실어 누르는 내 손끝은 지
금 누군가의 남편이자 아버지일 한 노인의 멈춰버린 심장을 대
신하고 있다. 기도에 연결한 호흡 보조기를 손에 쥔 박 반장님은
누군가의 조부이며 또 누군가의 친구일 이의 호흡을 대신하고
있다.


살리고 싶었다. 구해내고 싶었다.


　구급대원으로 첫걸음을 내딛기 전 나는 산악구조대원으로 활
동했다. 서울 북동쪽의 산악구조대원으로서 도봉산과 북한산,
수락산을 누비던 2년. 짧지만 길었던 그 시간 동안 6명의 심장
이 나의 관할 구역에서, 내 눈앞에서 쓰러졌고 나는 그들 중 단
한 명도 살리지 못했다. 그 생명들을 구해내지 못했다.

슬펐고 안타까웠다. 원통했다.

내 앞에서 차갑게 굳어간 심장들과 그 모든 얼굴들. 처절한 실패에 대한 기억들이 언제나 날 괴롭혔다. 늘 죽을힘을 다해 뛰어 올라갔지만 산은 늘 너무 높거나 멀었고 그 앞에서 내 발걸음은 언제나 한없이 느리기만 했다.

제발, 제발 한 번만.

수없이 외쳐보아도 멈춰버린 누군가의 심장은 내 앞에서 늘 응답이 없었다. 항공대 헬기에 인계한 환자들은 대부분 서울 상공을 가로질러 세브란스병원으로 이송되었고, 하산 후 어렵게 들었던 전화기 앞에서 난 언제나 절망하며 무던히도 무너져 내려야 했다.

산에 자리한 나는 늘 구급대원을 동경했다. 동경하는 동시에 진정 부러워했다. 최신식 응급 구조 장비를 갖추고 도심을 달려 가장 빠르게 환자에게 접근할 수 있는 기동성과 전문성이 산에 있는 나에게는 늘 부러움의 대상이었다. 어느 소방서의 구급대가 심정지 환자를 소생시켰다는 소식을 건너 들으면 나는 내 손으로 누군가의 심장을 구해내는 순간을 상상하는 것만으로도 설렜다. 연초 정기 인사이동 당시 하산을 결심했을 때 도심의 일선 소방서의 구조대가 아닌 구급대에 지원한 것은 부상당한 무릎을 재활하기 위해서만은 아니었다.

그렇게 새로운 근무지에서 떨리는 마음으로, 내 앞에 빛나는 구급차를 마주한 6개월 동안 나는 총 12명의 심정지 환자를 만났고, 여전히 단 한 명도 살려내지 못했다. 언제나 최선을 다했지만, 내 손끝에 닿은 모든 심장은 차갑게 굳어갔다.

처음으로 마주했던 환자의 손녀가 무너진 할머니의 육신을 부여잡고 울부짖던 순간을 나는 기억한다. 피를 토했던 50대 폐암 환자의 손을 잡고 이렇게 가면 안 된다고, 미안해서 안 된다고 부르짖으며 흘러내리던 젊은 아들의 눈물을 나는 아직 잊지 못했다. 동이 터오는 새벽, 차갑게 식은 채 굳어 있는 남편의 뺨을 때리고 흔들어대는 할머니를 말리며 나는 눈물을 삼켜야 했고 부둥켜안은 채 방바닥을 구르며 울던 어린 소녀들의 어머니에게 젊은 남편의 멈춘 심장과 굳어버린 턱은 소생술의 대상이 아니라는 얼음장 같은 결과를 설명해야만 했다. 그 두근거림이 멈추어진 원인이 무엇인가에 관계없이 그들의 심장은 결국 돌아오지 못했다.

나는 그들의 생명을 구해내지 못했으며, 그 모든 가정의 절망과 슬픔을 막아낼 수 없었다. 결과는 달라지지 않았다. '어쩔 수 없었다', '최선을 다했다.' 그 모든 위로가 허공에서 맴돌 뿐, 깊이 가라앉은 회의감에 빠진 날들이 이어졌다.


국내 심정지 환자의 소생률은 4.8%, 100명 중에 5명.

20명 중에 1명이 되지 않는 확률.

그러나 나는 무뎌지고 싶지 않았다. 나는 여전히 구해내고 싶었고, 지켜내고 싶었다. 여전히 내 심장이 뜨겁게 뛰고 있음을 다른 이의 심장으로 분연히 증명해내고 싶었다.

그 모든 회의감과 한숨과 눈물들이, 구급차 내부를 가득 채운 열기를 뚫고 내 마음을 스쳐 지나간다. 땀방울에 흐려지는 눈을 부릅떠 노인의 얼굴을 바라봤다. 주문처럼 되뇌인다.

살려낼 수 있다. 살려낼 수 있다. 이번만큼은…… 꼭 살려내고 싶다.


어지러이 흔들리던 삼각산구급대 차량이 응급실 입구에 미끄러져 들어간 순간, 마지막 분석이 시작되었다. 손바닥을 펼친 채 비좁은 구급차 안에서 모두 한 걸음 물러난다. 구급대원들의 눈에는 긴장과 염원이 가득하다.

"제세동이 필요합니다. 모두 물러나세요."

다시 한 번 허리를 들자 등줄기의 땀이 쏟아져 내린다.

"쇼크 넣고 바로 나가요!"

들썩. 200줄의 전류가 환자의 심장을 관통했다.

우리는 즉시 환자의 들것을 내리고 가슴을 누르며 응급실의 심폐소생실로 내달린다. 의료진은 모든 준비를 마친 채 기다리고 있었다. 하얀 베드에 노인을 내려놓는다. 숨을 몰아쉬는 나에게 인턴이 손을 내밀어 재촉한다. 구급차로 돌아와, 환자의 초기 상황이 담긴 기록을 들고서 서둘러 다시 응급실로 달려간 순간.

나는 멈춰서 눈앞의 모든 것을 천천히 바라봤다.

하얀 베드에 누워 있는 환자. 노인의 몸에 어지러이 연결된 전선과 검사 장비들.

가슴 압박은 중단되었고, 의료진은 동맥혈 검사를 위해 환자의 사타구니에 거대한 주삿바늘을 꽂아 넣고 있었다.

그리고 너무도 익숙한 리듬. 그 소리.

심장의 전기적 신호를 나타내는 심전도는 정상적인 파동을 반복하며 그리고 있다. 쓰러졌던 한 노인의 심장은 다시 힘차게 뛰고 있었고 손가락의 말초 혈관까지 신선한 산소를 공급하고 있었다. 건장한 팔뚝에 감아놓은 커프는 그의 심장이 전신으로 뻗어나갈 힘을 모으며 수축할 때 그 핏줄의 압력 수치가 정상임을 말해주고 있었다.

살았다. 살려냈다.


멈췄던 심장이 처음으로 내 앞에서 다시 뛰고 있었다. 최후의 호흡이 꺼져가던 한 노인을, 죽음의 문턱에서 그의 가족과 이웃 그리고 그의 일상이 있는 이 세상으로 다시금 데려다 놓을 수 있었다.

갑작스럽게 눈이 화끈거린다. 흔들리는 시야가 당황스럽다.

마스크 아래 이를 꽉 깨물어본다. 누가 볼까 서둘러 화장실로 가며 손을 펼쳐 관자놀이를 눌러야 했다. 나는 세면대에 고개를 처박고서 눈물을 틀었다. 모든 긴장이 쏟아져 내린 자리에 따뜻한 무언가가 가득히 차올랐다.

감사합니다. 정말 감사합니다.

살아주셔서, 너무나 감사합니다.


응급실 앞에서 차량과 장비를 정리하며 삼각산구급대와 서로 고생했다는 인사를 나눴다. 초기 현장 상황을 다시 한 번 묻는 의료진과 이야기를 나누던 중 저 멀리 나의 동료들인 길음구급대 최 반장님과 박 주임님이 걸어온다. 멀리 손을 흔드는 사수에게 달려가 얼싸안거나 손바닥이라도 마주치고 싶지만, 역시 쑥스러워 그만두었다. 현장에서 함께 손을 맞췄던 대원 여섯 명이 병원 앞에 모였다. 아이스커피를 한 잔씩 마시며 짧은 여유를 나

눈다. 예후가 좋을 것 같다는 의료진의 말에 서로 기뻐했다. 모두의 얼굴에 보람과 뿌듯한 미소가 가득하다.

나에겐 첫 ROSC(혈액 순환이 회복된 상태).

처음으로 겪는 소생의 순간을 모두가 축하해준다.


항상 고개를 내저으며 굳게 입술을 깨물어야 했던 그 자리. 소중한 누군가를 잃은 가족들의 절규와 눈물들을 뒤로하며 죄스런 어깨를 늘어뜨려야만 했던 그 자리. 그 자리에서, 오늘 이 순간 우리는 최선을 다해 행복해할 수 있었다. 내 심장마저 차갑게 굳어가는 듯 아팠던 날의 기억들은 잠시나마 내려놓기로 했다. 그 최초의 희망을, 떨리는 감동을 평생 잊지 않고 간직하겠다고 다짐했다.


며칠 뒤 어느 날 저녁, 멈추지 않는 구토로 괴로워하던 중년 남자를 이송하고 병원을 나오는데 박 주임님이 등을 떠밀었다. 함께 올라간 일반 병실에는 노인이 입원하고 있었다. 키가 큰 노인은 잠들어 있었고, 침상에서 건장한 몸을 뒤척였다. 그 뒷모습이 너무도 따뜻해 보였다. 호흡을 따라 오르내리는 그의 어깨를 가만히 바라봤다. 노부인이 노인을 깨우려 했지만 만류했다. 중환자실에서 내려오자마자 걷게 되었고, 이제 스스로 밥도 드신다고 했다.

숨을 쉰다. 스스로 움직여 걷고, 밥을 먹는다.

생명은 그토록 단순하면서 순수했다. 나에게 그 단순한 가치는 무엇보다 경이로웠다. 노인은 점차 좋아져 퇴원을 앞두고 있다고 했다. 감사하다고 허리를 숙이는 노부인에게 우리는 마주 고개를 숙였다.

오히려 우리가 감사하다고. 살아주셔서 감사하다고. 이 세상에 남아주셔서, 일상으로 돌아와 주셔서 감사하다고 나는 수없이 되뇌었다.

하지만 그 이후로 나는, 또다시 수많은 좌절을 경험해야만 했다. 우울증을 앓던 젊은 여인은 어머니를 뿌리치며 창문 밖으로 투신했고 수풀에 가린 그 머리카락을 찾아 나는 한참을 헤매야 했다. 아침 출근길 잘 다녀오시라는 인사를 어린 아들의 마지막으로 기억해야 할 부모의 깊은 슬픔을 감당해야만 했다.

그러나 나는 이제 이 숱한 절망 가운데서 희망을 본다. 희망을 생각한다. 앞으로도 수없이 무너져 내리겠지만, 나는 내 손끝에서 다시 뛰던 한 노인의 심장을 기억하기로 했다. 반드시 살리고 말겠다는 그 다짐을 간직하기로 했다. 소방관으로 살아가는 한, 나는 앞으로도 숱하게 위험한 현장으로 달려갈 것이며 경각에 달린 생명들을 무수히 마주하게 될 것이다. 하지만 반드시 구할 것이다. 지켜낼 것이다. 구해내고 지켜내기 위한, 모든 최선을 다할 것이다. 항

상 성공하지 않더라도 함부로 절망하지 않을 것이다. 가장 먼저

달려가 두려움에 처한 이들의 손을 마주 잡아줄 것이다.

절망은 언제나 우리 곁에 있겠지만, 나는 믿는다. 믿을 것이다.

아주 작은 희망일지라도 절망 한가운데에 분명히 존재한다는

것을.

믿으며 달려갈 것이다. 모든 출동 태세를 갖추고 나를, 우리

를, 대한민국 소방관을 기다리는 모든 이에게로.

누군가를 살려냈다.
응급실 전경, 노인의 심장 소리……
모두 쉽게 잊을 수 없을 것 같다.
이제야 사람을 살리는 구급대원이
된 것 같아 가슴이 뜨거워진다.

# 나에게는 날개가 필요했다

나아갈 수 있다.

나는 떨어질 거야.

한 걸음만 내딛으면 된다.

여기서 추락하면 최소 5미터. 아니 그 이상이야.

왼손을 먼저 올리고, 재빨리 체중을 실으면 돼.

그동안 내 손끝이 버텨낼 수 있을까?

할 수 있다. 나는 할 수 있다.

분명 저 아래로 떨어지고 말 거야.

나는 나아갈 수 있다.

그날의 추락, 기억 안 나?

난…… 도저히…….

"뭐하냐, 영환아!"

30m 아래에서 지켜보던 조성훈 팀장님의 목소리가 수직 직벽을 따라 울려 퍼진다.

"빨리 빨리 안 가? 니 손끝을 믿으라고!"

나는 공황에 빠져 있었다. 먼저 올라간 대원을 따라 거대한 바위의 경사면 틈새를 부여잡고 기어 올라왔지만, 정작 순서를 교대하고 내가 앞장서야 하는 지점에선 까마득한 높이 때문에 단한 걸음을 내딛지 못하고 있었다.

손가락 한 마디가 채 되지 않는 턱에 손끝을 걸고, 온몸을 까마득한 절벽 아래로 떨어뜨려야 하는 지점.

"도저히…… 도저히 안 될 것 같습니다!"

서서히 온몸에 힘이 빠지고 있다. 의심이 깊어져 패닉으로 빠져드는 순간, 그 등반은 실패한 것과 다름없다.

"너 대회 안 나갈 거야? 구조 안 할 거야! 평생 그러고 살래? 극복해야 등반이든 구조든 할 거 아냐!"

극복. 그랬다. 나에겐 반드시 극복해야 하는 트라우마가 있었다.

우리는 서울소방 119특수구조단의 산악구조대원이었고, 두 달을 앞둔 북한산 암벽 등반 대회에 참가하기 위해 훈련을 시작한 참이었다. 도봉산과 북한산, 관악산으로 이루어진 산악구조대 3개대가 작년에도 출전을 준비했었지만 훈련 중 발생한 한 사고의 여파로 모든 계획이 중단됐었다.

그리고 1년이 지난 지금 다시 훈련을 시작했으나 나는 전에 없던 고소 공포증에 시달리고 있었다.

"팀장님! 정말 도저히……."

너무도 부끄럽지만, 진심으로 포기하고 싶진 않았다. 누구의 강요도 아닌 오로지 스스로의 의지로 모든 훈련 계획을 세웠던 사람이 바로 나였다. 그러나 나의 머릿속에는 1년 전 바라봐야만 했던 그날 그 순간이, 한지에 스며든 먹물처럼 온 마음을 짙은 두려움으로 가득 채우고 있었다.


산.

서울의 북쪽 일대를 뿌리 삼아 자란 듯한 산의 동쪽 끄트머리엔 거대한 바위로 이루어진 봉우리가 있다.

북한산, 인수봉.

시야를 가득 채운 거대한 그림자는 초가을의 높고 푸른 하늘을 덮을 만큼 우뚝 솟아올라 있었다. 우리가 자리한 곳은 인수봉

뒷면에 가려진 곳, 이름 그대로 '숨은 벽'. 인수봉 전면부는 평탄하고 접근이 쉬워 많은 산악 동호인들이 찾지만, 이곳 숨은 벽 등반 지역은 길이 험하고 접근 시간이 오래 걸려 늘 사람이 그리 많지 않았고 특히 지금은 평일 오전인 것도 한몫했다. 팀장님까지 모두 산악구조대원 네 명과 평소 실내 클라이밍 센터에서 교류가 있던 전문 등반 선수 두 명 그리고 중년의 여성 등반가와 그녀의 아들이라는 앳된 얼굴의 청년이 전부였다. 등반 경력이 오래된 팀장님은 중년 여성과 안면이 있는 듯 웃으며 인사를 나누었다.

나는 친한 선수에게 다가가 반갑게 고개를 숙였다. 모두 한 달 뒤로 다가온 암벽 등반 대회에 대비해 현지 코스로 훈련을 나온 참이었다. 우리는 보온병에 담아온 커피를 한 잔씩 나누어 마시고 각자 몸을 풀기 시작했다.

"다들 전문가들이니까, 보면서 배워."

팀장님이 말했다.

선수 팀이 좌측으로 기울어진 코스를 따라 등반을 시작했다. 흔들림 없는 화려한 등반 기술을 보며 아래에서 넋을 잃었다.

확실히 다르구나.

곧이어 중년 여성이 등반을 시작했다. 로프를 몸에 연결하고 사면을 훑듯 올라간다. 매끈한 바위의 틈새와 작게 튀어 오른 모서리에 닿는 손과 발은 강하면서도 유연하다. 빠르고 가벼우며 부드러운 동작이었다. 여성이 등반 루트의 끝, 40m 높이의 확보 지점에 도달하는 데에는 그리 오랜 시간이 걸리지 않았다.

"등반 완료!"

거대한 바위, 그 까마득한 높이에서 외치는 실루엣 너머로 한없이 푸르른 가을 하늘이 펼쳐져 있었다.

"영환아 준비해라."

서늘한 가을바람이 귓가를 스치며 지나갔다. 몸을 풀며 등반을 바라보던 나는 암벽화에 퉁퉁 부은 발을 끼워 넣었다. 드디어 내 차례였다. 두근거림이 절정에 달했다.

　그사이 저 위에서는 하강 준비를 끝낸 듯, 다시 거침없는 외침이 들려왔다.

　"하강!"

　동시에, 바닥에 정리해 둔 로프를 향해 손을 뻗던 그 순간.

　"어, 어…… 뭐야!"

　팀장님의 당혹스런 목소리에 고개를 돌렸을 때, 내 뒤편에 서 있던 청년의 짧은 비명이 울렸다.

　"안 돼!"

　나의 시야는 다시 거대한 봉우리의 암벽으로 가득 찼다. 그리고 그 시선의 끝에서는 하나의 작은 그림자가 날아오르는 듯 서서히 미끄러져 내리고 있었다. 너무나 가볍고도 너무도 천천히. 그러나 하나의 깃털처럼 바위

사면을 따라 미끄러져 내리는 그녀의 몸에는, 더 이상 지상으로 내려올 로프가 연결되어 있지 않았다.

나는 시선을 뗄 수 없었다.

어떤 의지와도 상관없이. 온몸이 굳어버린 듯이.

슬로 모션 같았던 그 순간은 한 마디 비명으로 끝날 찰나에 불과했다. 가까워질수록 커지던 그림자는 끝내 지상의 경계선까지 부딪쳤다가 튕겨져 올라, 나의 발 앞으로 다시 떨어져 내렸다. 서둘러 여성의 경동맥에 손끝을 가져다 댔다. 맥이 잡혔다.

"맥박 확인됩니다!"

그러나 그뿐, 의식을 찾진 못했다. 대원들이 그녀의 자세를 교정하고 아래턱을 당겨 기도를 열었을 때 비로소 갑작스런 호흡이 트였다. 헬멧을 벗기자 선명한 열상에서 스몄던 피가 나왔다. 간절히 엄마를 부르던 청년은 놀라 울먹인다.

"진정해요. 어머니께, 힘내라고 말씀드려줘요. 분명 들리실 거예요."

청년은 나를 바라보며 고개를 끄덕였다. 눈물 가득한 동공이 활짝 열려 있었다.

소방 헬기를 기다리는 동안 더 이상 우리들이 해줄 수 있는 것은 없었다. 그저 턱을 당겨 기도를 개방하고 고통으로 몸부림치는 몸을 부여잡는 것뿐. 로프가 왜 몸에서 분리되었는지는 알 길이 없었다. 저 높은 확보 지점에서의 일들은 오로지 그 자리에 있던 등반가만이 알 것인데, 이미 일어난 추락 현장에서 그 원인은 구조대원들에게 더 이상 중요하지 않았다. 지금 필요한 것은 오직 그녀를 빠르게 응급 처치하고 이송하는 일뿐이다.

무전기를 잡은 팀장님의 다급한 외침만이 계속된다. 기다리는 이의 입장에서는 1분 1초가 억겁과도 같이 느껴진다는 것을, 구조대원들 모두 절실히 실감하고 있었다.

"엄마, 엄마."

아들의 애타는 목소리. 오로지 무력감만이 나의 전신을 잠식해 들어간다. 맥박이 약해졌다가 다시 돌아오기를 반복한다. 하늘을 몇 번이고 살핀다.

제발, 서둘러라. 조금이라도 더.

얼마나 시간이 흘렀을까.

익숙한 회전익의 굉음이 바위 지대를 가득 메우고, 봉우리까지 접근할 수 없는 헬기가 최대한 가까운 지점에 정지한다. 장비를 둘러메고 하강한 항공대원들이 들것을 들고 달려왔다. 익숙한 얼굴들이었다. 전신을 빈틈없이 고정하고, 헬기 와이어에 들것을 매달아 올렸다. 흙먼지가 온몸으로 쏟아져 들어오는 현장에서 우리는 항공대원에게 눈빛으로 인사를 건넸다.

부디, 잘 부탁합니다.

굳게 고개를 끄덕이는 대원을 태우고서 헬기는 서울 상공을 가로지르기 시작했다. 점차 작아지는 그 모습을 뒤로하고, 나는 서둘러 아들에게 달려갔다. 출발 지점까지 험한 산길을 한 시간 이상 내려가야 하는 그가 걱정됐다.

"괜찮으실 거예요. 어머니는. 움직이시는 것까지 같이 봤으니까 안심하세요. 안심하시고 조심히 내려가세요."

간절한 눈빛으로 내 이야기를 듣던 청년이 문득 고개를 숙이며 인사한다.

"감사합니다. 정말 감사합니다."

나는 그의 어깨를 토닥이며 몇 번이고 인사를 건넸다. 어머니, 분명 회복하실 거라고. 안심하라고. 걱정 말고 조심해서만 내려가라고 다독였다. 기운을 차리고 하산하려 길을 나선 청년의 뒷모습을 사라질 때까지 안타깝게 바라봤다.


하지만 나는 결국 내가 한 말에 책임지지 못했다.

그날 저녁, 한 통의 전화를 받고서 다리에 힘이 풀려 주저앉았다. 항공대 구급대원이었다. 헬기 이송 중에 심정지가 발생했다고, 수차례 심폐소생술과 회복을 거듭했지만 병원에 도착하고 오래지 않아 사망 판정을 받았다고 했다. 앳된 청년의 얼굴이 떠올랐다. 안쓰럽던 뒷모습 그리고 감사하다고 고개를 숙이던 순간. 무력감과 죄책감이 뒤엉켜 머릿속을 어지럽히다 어느새 볼을 따라 흘러내리고 있었다.

이틀 뒤, 현장에 있던 대원들과 무거운 발걸음으로 장례식장을 찾았다.

영정 사진에는 산악 헬멧을 쓴 채 활짝 웃는 여성이 있었다. 도저히 시선을 오래 둘 수 없었다. 어지러웠다. 상주와 맞절을 하고서 고개를 들었다. 여성의 남편이자, 다른 소방서 구조대 소속의 팀장님이었다.

"현장에 계시던 분들이군요. 정말, 감사합니다."

그 옆에서 어렵게 견뎌내는 것처럼 보이던 청년은 우리를 마주하자 결국 눈물을 쏟아내기 시작했다.

"그날 정말 열심히 도와주셨다고, 아들이 말하더군요. 너무나 감사했다고……."

목이 멘 목소리에 가슴이 미어진다.

"산을 너무 사랑하던 사람이라…… 그렇게 간 모양입니다."

나는 아무 말도 할 수 없었다. 그 어떤 위로조차 감히 건넬 수 없었다. 다만 그 청년의 어깨를 조심스럽게 끌어안았다. 그는 눈물을 흘리며 또다시 나에게 감사하다는 말을 했다.

끝끝내 입을 열지 못하고 돌아섰다. 다만 그의 어깨를 한 번 힘주어 잡았을 뿐이었다. 서둘러 구두를 구겨 신은 죄스러운 발걸음 위로 눈물이 떨어져 내렸다.

힘없이 나선 장례식장 근처의 허름한 포차에서 우리는 소주를 한 병씩 나눴다. 모두가 말을 아꼈다. 모두가 저마다 상처를 간직한 채 고개를 숙이며 헤어졌다.

그날, 내 가슴속에 새겨진 깊고 선명한 낙인은 이후 몇 번이고 꿈에서 되풀이되었다.

잊을 수가 없었다. 잊어서는 안 된다고 생각했다. 잊으려는 노력조차 포기했다.

무거운 마음으로 일상을 이어갔지만, 가을이 깊어가던 어느 날 낙석 제거 작업을 위해 도봉산 만경대를 오르기 시작했을 때 처음으로 느꼈다.

산악구조대원인 나에게 추락의 공포라는 짙은 그림자가 들러붙었다는 것을.

바위에 오르는 길 위에서, 오직 나아감만을 생각하고 나아갈 곳을 바라봐야 하는 순간에 매번 추락을 떠올렸다. 저 아래로 곤두박질치는 내 그림자의 망상을 보게 되었다. 도저히 나아갈 수도 떨쳐낼 수도 없었다. 식은땀을 흘리며 간신히 버텨내는 날들이 계속되었다. 어느 날은 구조 출동을 마치고 하산하는 길에 무전기를 분실해 온 산을 뒤져야 했다. 또 어느 날은 야간 수색 출동 중에 홀로 대열을 이탈해 흔들리는 돌무더기를 밟아 결국 무릎에 붕대를 감았다. 그러나 나는 참아야 했다. 이를 악물고 버텨내야 한다고 믿었다.

겨울이 깊어가며 한쪽 무릎의 통증이 다른 쪽으로 옮겨갔고, 결국 다음 해 5월엔 양쪽 무릎에 내시경을 넣어 수술을 받아야 했다. 길게 뻗은 도봉로 북쪽에 자리한 병원 옥상에선 북한산 인수봉과 도봉산 선인봉이 멀리 내다보였다. 홀로 비틀거리며 그 풍경을 보기 위해 올라갔던 어느 날 저녁, 석양 아래 내가 지켜내리라 믿었던 두 봉우리를 멍하니 바라보다 결심했다. 더 이상은 흔들리지 말자고. 이제는 벗어나야 한다고.

인원이 절대적으로 부족해 세 명이 한 팀을 이루어야 하는 산악구조대에서 한 명의 소방력 부재는 오롯이 다른 동료들의 부담으로 돌아갔다. 그해 여름은 유난히 덥고 끈끈한 날들이 이어졌다. 그럴수록 나는 더욱 치열하게 재활에 몰입했다.


그렇게 힘겨운 날들을 지나 다시금 가을이 다가올 무렵, 나는 바위에 대한 미련을 조심스럽게 꺼내 들었다.

팀장님과 함께 소주잔을 기울이며 인간의 비극과 트라우마 그리고 극복에 대해 이야기했다.

"할 수 있겠냐."

"꼭 하고 싶습니다."

"힘들었을 텐데, 이야기 꺼내줘서 고맙다."

"이겨내지 않으면, 다시는 산을 바라보지 못할 것 같습니다."

팀장님은 말없이 잔을 비웠다.

다음 날부터 의욕적으로 대회 참가를 추진하고 훈련 계획을 세웠다. 장비를 준비하고 수락산 아래의 당고개 인공 암벽에서 트레이닝을 시작했다. 굳어버린 사지의 근육들을 당겨대고, 등반할 때 가장 어려운 크럭스CRUX 구간에서 필요한 지구력을 단련했다. 낯선 장비들을 손에 익히며 도봉산 중턱의 나지막한 무명 바위들을 대상으로 등반 감각을 깨웠다.

그러나 여전히 나는 그날의 기억을, 그날의 아픔을 떨쳐내지 못한 것인가. 이 정도의 높이를 극복하지 못한다면 더 이상 내게 구조대원으로서의 내일은 없다. 내 삶에서 산에 남길 꿈과 희망도 없을 터였다.

어떤 현장이든 나를 필요로 하는 이에게 다가가리라 다짐했던 나는 어디 있는가. 먼 봉우리 너머 석양을 바라보며 슬픈 그리움을 되새겼던 나는 어디 있는가.

나는 숨을 깊게 들이마셨다. 아래에서 팀장님의 목소리가 다시 울려 퍼진다.

"갈 수 있다! 영환아!"

그 모든 순간의 나는, 아마도 아니 반드시 내 안에 있을 것이

다. 그래. 나는 갈 수 있다. 믿자. 믿고 가 보자. 나는 산악구조대
원이다.

그 어떤 고지대라도 어려움에 빠진 이에게 다가가는 것이 나
의 사명이다. 내 몸에 굳게 묶인 로프, 그 끝을 잡고 있는 동료를
나는 믿는다. 단련한 내 손가락 끝의 힘을 믿는다. 나의 임무를
믿고 나의 사명을 믿는다. 나는 믿는다.

나는, 반드시 가야만 한다. 그렇다면.

"가자. 가보자."

나는 호흡을 짧게 들이쉬며 몸을 날렸다.


처음으로 나 자신의 그림자를 이겨냈던 날. 수직으로 온몸을
던진 채 손끝에 체중을 싣고 올라섰다. 그리고 다음 홀드를 향
해 손과 발을 뻗어 갈 때 나는 느꼈다. 바위와 나 사이에 무엇도
존재하지 않는 그 몰입의 기쁨을. 내 안의 모든 두려움을 이겨

냈 순간의 해방감을. 떨어질 곳이 아닌 나아갈 곳을 바라보고 최선을 다해 바윗길의 정상에 올랐을 때 더 이상 추락은 두려움의 대상이 아니었다.

올라선 정상에서 깊어가는 북한산의 가을 단풍을 바라보았다. 그 아름다움에는 슬픔이 깃들어 있었다. 오르고자 했으나 의도치 않은 추락으로 바위 아래 사그라져야 했던 수많은 이들이 꾸었던 꿈. 그들이 끝없이 가고자 했던 그 무한한 세상이 펼쳐져 있었다. 나는 헬멧을 눌러쓴 채로 맑게 미소를 지었다. 바위를 사랑하는 자들의 갈증과 행복을 그제야 나는 조금, 이해할 수 있게 되었다.

도봉산 정상 일대에 눈이 쏟아져 내린 12월의 어느 날.

어느 무명 바위에 고립된 이에게 나는 앞장서 다가갈 수 있었다. 한 시간째 추위와 싸우고 있던 그는 저 멀리 높은 곳에서 거

대한 카메라를 들고 있었다. 도봉산 선인봉 설경을 촬영하기 위

해 봉우리에 올랐다고. 올라온 길에 눈이 쌓여 내려갈 수 없었다

고. 그리고 그는, 자신에게 다가가던 나에게 작은 선물을 남겨주

었다. 그가 건네준 사진 속에는 쏟아지는 눈보라 사이로 거침없

이 바위 사면을 오르는 산악구조대원이 있었다.

처음으로 나 자신의 그림자를 이겨냈던 날.
수직으로 온몸을 던진 채 손끝에 체중을 싣고 올라섰다.
그리고 다음 홀드를 향해 손과 발을 뻗어 갈 때 나는 느꼈다.
바위와 나 사이에 무엇도 존재하지 않는 그 몰입의 기쁨을.
내 안의 모든 두려움을 이겨낸 순간의 해방감을.
떨어질 곳이 아닌 나아갈 곳을 바라보고
최선을 다해 바윗길의 정상에 올랐을 때
더 이상 추락은 두려움의 대상이 아니었다.

# 작은 이불을 덮친
# 화마 앞에서

"구조대, 구조대 신속히 시건 개방하도록!"

소방차의 진입이 늦어버린 화재 현장은 이미 최성기에 달한 화마에 지배당하고 있었다. 주택 골목을 이리저리 가로막은 불법 주차 차량들은 커다란 사이렌 소리에도 움직일 기미가 보이지 않았고 뒤늦게 도착한 현장에서 넘실거리는 불꽃은 이미 주택 1층을 집어삼킨 채 창문 너머 시커먼 연기를 토해내고 있었다. 주택 가까이 접근할 수 없었던 관할 화재 진압대는 호스를 100m 이상 길게 연장하여 주택 뒤편의 방범창 내부로 물줄기를 쏘아대고 있었지만 보이지 않는 구획에 가로막히는지 거실 유리창 너머로 뜨겁게 뿜어져 나오는 복사열은 좀체 가라앉질 않고 있었다.

오래된 주택이었지만 현관의 잠금장치는 최신식이었다. 열쇠 관리사 자격증을 지닌 고참 구조대원이 고개를 저으며 신호했고, 후배 대원들은 즉시 장비를 동원해 잠금장치를 뜯어내기 시작했다. 쩅강. 마지막까지 버티던 자물쇠가 부서진 순간, 현장 지휘대의 요란한 무전 너머로 구조대 부대장님이 소리쳤다.

"문 개방 완료! 거실 유리창 앞에 다 비켜! 모로 붙어!"

쉬익 쉬익. 격렬한 현장에 압도당한 나는 넋을 놓고 유리창 전면부 건너의 새까만 농연을 바라봤다. 마치 살아 있는 듯 꿈틀거리는 연기에 빨려 들어갈 것 같았다. 그 순간 누군가 내 뒷덜미를 잡아 기둥 뒤로 황급히 당겼다.

펑! 펑! 쨍그랑.

현관문이 개방되는 순간 갑작스런 굉음과 화염 분출로 내가 서 있던 자리의 커다란 거실 유리 전면창이 산산조각으로 박살 났다. 코앞에 깨진 유리 조각들이 비산했고 폭발하는 열기에 질 겁한 나는 뒤를 돌아봤다. 같은 조 선배가 노려보듯 헬멧을 툭 치며 마스크 너머로 말했다.

"그러다 죽는다. 들어가자. 잘 붙어 다니고."

가슴을 쓸어내리며 고개를 끄덕인 나는 선배를 따라 현관문 으로 진입했다.

자욱한 농연 너머로 언뜻 바라보았음에도 이미 화염이 휩쓸 고 간 거실 내부는 참혹했다. 천장과 벽면까지 큰불이 한바탕 휘 저은 흔적이 가득했고, 검회색으로 그을린 곳곳의 물건들이 독 성 가스와 후끈한 열기를 뿜어내고 있었다. 그때 중앙에 우뚝 서 있는 실루엣이 보였다. 연기를 걷어내며 다가가자 구식 대형 가솔린 난로였다. 이놈이 화원火源일까. 등 뒤에 있던 진압대원들의 엄호를 받으며 우리는 후끈거리는 열기를 마주했다. 서둘러 전면에 보이는 첫 번째 방문으로 향하려는데, 바닥을 쓸 듯이 걷는 발끝에 툭 하고 걸리는 것이 있었다.

시야가 흐려 처음엔 낡은 담요 같아 보였다. 그런데 묵직한 무게감이 제법 섬뜩했다. 좀 더 가까이 다가갔다.

정면으로 누워 있는 사람이었다.

서둘러 일으키려는 나를 선배가 재빨리 붙잡아 제지했다. 이미 관절은 뻣뻣하게 굳어 있었고 새하얗게 녹아버린 피부 상태는 이미 그가 이 세상 사람이 아님을 말해주고 있었다. 특히 종전의 폭발적인 화염과 그 이전에 집 안을 가득 메웠던 새까만 연기를 고려하면 이 사람이 살아 있을 확률은 이미 없었다. 아직 경험이 부족한 막내 구조대원인 나는 그제야 상황을 파악했다.

선배가 무전을 날렸다.

"구조대 2조, 거실 중앙 난로 옆 사망자 1명 발견."

신속히 다가온 부대장님은 환자의 상태를 확인한 후 현장 지휘대에 보고했다.

"현장 보존이 필요할 듯합니다."

구조대원들이 서둘러 주택 내부의 추가 인명을 검색하는 동안 화재 조사원들은 마스크를 쓴 채 진입하여 난로 주위를 통제한 후 사망자를 비닐로 덮었다. 비닐 아래로는 하얀 맨발이 쑥 삐져나와 있었다. 나는 옷장과 침대 밑, 식탁보 아래를 살피면서도 그 맨발에 자꾸 시선이 멈춰 섰다. 같은 장소를 교대로 두 번씩 순찰하는 2차 인명 검색까지 마치고 난 뒤에야 구조대는 현장에서 빠져나왔다.

같은 조를 이뤘던 선배가 헬멧과 공기 호흡기를 벗으며 검게 그을린 커다란 얼굴을 불쑥 들이밀었다. 키 190cm에 가까운 거구를 자랑하는 2년 위의 중간 고참이었다. 그는 하얀 이를 내보이며 말했다.

"내가 너 두 번 살렸다."

어리둥절한 나는 고개를 들어 바라봤다.

"유리창 깨질 때랑, 너 사람 밟을 뻔했을 때."

의아하게 바라보자 그는 쓸쓸하게 말했다.

"범죄 현장일 수도 있다고. 거실 바닥에 사람이 그렇게 누워 있을 리가 있냐? 불난 걸 보고 도망쳐 나오다 쓰러진 거라기엔 위치나 자세가 이상하잖어. 방화나 자살, 뭐 그런 걸 수도 있고."

듣고 보니 그런 듯도 싶었다. 선배가 덧붙였다.

"모르긴 몰라도 불법 주차한 놈들만 아니었어도 또 모르지. 아니다. 아, 정말 모르겠다."

혼자 중얼거리던 선배가 어깨를 툭 치며 마무리했다.

"장비나 챙기자."

교체할 공기통을 등받이에서 분리하는 동안 나는 비닐 아래 길쭉이 삐져나와 있던 하얀 맨발을 떠올렸다. 내부 수색 중 여기 저기 쑤셔댔던 지렛대를 닦아내는 동안 지난날 화재 현장에서 바라봤던 이불이 떠올랐다. 그때 그 이불 아래에도, 작은 발이 삐져나와 있었던가. 기억과 기억이 뒤엉켜 혼란스러웠다.

떠올리고 싶지 않지만, 잊을 만하면 항상 머릿속을 헤집고 다니는 기억이 있다.


어느 일요일 대낮. 사이렌을 울리며 달려가는 저 너머엔 검은 연기가 피어오르고 있었다. 불이 난 주택가까지는 구조대가 출동하는 광진소방서 본서에서 상당한 거리였다. 어린이대공원 앞 주말 교통 정체를 피해 우회하여 달려갔지만, 이미 시간은 상당히 흘러버렸고 관할 진압대가 초기 진화에 성공해 크게 번지진 않았지만 현장에는 독성 가스와 수증기로 꽉 차 있었다. 그리고 구조 버스에서 뛰어내리던 순간 나는 어느 진압대원의 품에 안겨 있는 돌돌 말린 이불을 마주했다. 황급히 현장에서 빠져나온 그는 구급대원에게 서둘러 달려갔다.

"어린아이! 어린이예요. 빨리 출발!"

어떻게 된 걸까. 생각할 틈도 없이 우리는 곧장 현장으로 투입되었고, 구급차는 이미 저만치 멀어져가고 있었다.

주택 2층 내부는 새까맣게 그을려 있었다. 2층 전체가 연소되지는 않았으나 작은방에서 시작되어 문밖으로 번진 화재였다. 방 안에는 누군가 누워 있던 흔적이 남은 전기장판이 일부 열에 녹아버린 채 덩그러니 놓여져 있었다.

최초 신고는 1층 입주민이 했다. 어디선가 탄내가 나자 2층으로 올라가 봤고 연기가 새어 나오자 119에 신고한 뒤 현관의 유리문을 깨고 들어갔다고 했다. 그 방에는 어린이가 홀로 누워 있었다. 선천적 지체 장애를 앓고 있는 열한 살 어린이였다. 혼자

서는 움직일 수도 없는 작은 여자아이. 아이가 누워 있던 전기장판에서 화재가 시작되었으나, 여아는 도망칠 수 없었다. 이웃이 달려와 이불 채 안아 들 때까지 번져가는 열기와 두려움, 지독한 독성 가스로부터 달아날 수 없었다. 아이의 부모는 부재 중이었다. 나중에 들은 바로는 교회에 가 있었다고 했다. 예배에 참석했던 그 잠깐 사이에 벌어진 일이었다.

아이는 지체 장애 증상이 악화되어 다니던 학교를 그만두고 집에서 누워 지냈다고 했다. 아이의 부모는 아이의 병세가 나아지기를, 조금이라도 호전되어 다시 학교에 나가 친구들을 만나게 해달라고 기도했을까. 두 손을 모으고 간절한 마음으로 하나님 앞에 고개 숙여 기도했을까. 그러나 그 모든 정성에 등 돌린 채 화마는 잔혹하게도 홀로 남은 아이의 침상을 덮쳤다.

앞으로 아이의 부모는 소중한 자녀가 위기에 처했을 때 그 곁을 지켜주지 못했다는 죄책감으로 평생 아파하며 살아갈 것이다. 그러나 그 참사의 결과를 아이 부모의 잘못으로 돌릴 자격은 누구에게도 없었다. 외출 전 아이를 꼭 안아주며, 사랑하는 딸을 위해 기도드리고 올 테니 잠시 따뜻하게 쉬고 있으라고 인사했을 부모의 마음을 누가 헤아릴 수 있을까. 참사의 결과로 평생 씻을 수 없는 죄책감을 떠안은 건 오히려 부모일 텐데. 산산이 부서져 피 흘리는 그 가슴에 감히 누가 돌을 던질 수 있을까.

비극은 왜 작고 가난한 이들에게 더욱 가까이 있을까. 아이를 돌봐줄 이를 고용할 수 있었다면, 낡은 전기장판이 아닌 온돌바닥에 몸을 뉘일 수 있었다면 그 이불 밖으로 나온 자그마한 발을 지킬 수 있지 않았을까. 이 세상에 한 걸음이라도 더 내딛게 할 수 있지 않았을까.

아니다. 우리가 더욱 빨리 달려갔어야 했다. 연기가 피어오르기 전에, 탄내가 1층에 전달되기 전에 도착했어야 했다. 전기장

판의 과열과 그 축적된 열로 인한 작은 불씨를 진작에 파악했어야 했다. 길이 막혀 달릴 수 없다면, 하늘을 날아서라도 가야 했다. 그러나 우리는 그 아이를 전신에 입은 화상으로부터 구조해 내지 못했다. 아이는 기다리던 부모가 돌아오기 전에 병원으로 옮겨졌지만 끝내 숨을 거두고 말았다.

스쳐 지나간 내 시야 속에 그 돌돌 말린 이불은 너무도 작고 가녀렸다.

얼마나 뜨거웠을까. 얼마나 두려웠을까.

아니다. 차라리 아무것도 모른 채 부모님을 기다리다 잠든 것이기를. 깨어나기 전에 독성 가스에 의식을 잃고 뜨거움과 두려움을 느끼지 못했기를.


화재. 인간의 의사에 반하여 일어나는 불. 목조나 낙후된 건축물이 많던 과거에 비하면 현저히 줄어들었지만, 지금도 끊임없이 어디선가 그 누구도 예상치 못한 순간에 화재는 빈틈을 비집고 들어와 세력을 떨쳐내고 있다. 전열기기에 축적된 열이나 작은 정전기 혹은 무심결에 버린 담뱃불에서도 불씨는 흔히 잉태되었고, 가연물과 공기가 있을 때 기세를 높여 자라나 낡은 주택이나 공장, 모텔이나 상가 건물, 아파트와 빌라 그 어떤 구조물도 예외 없이 잡아먹어 버리곤 했다.

일상 속에서 결코 상상할 수 없었던 그 뜨거운 불꽃과 매캐한 농연 속에 사람은 흔히 공포에 질려 당황하기 마련이었고, 첨단으로 발달된 현대 사회의 그 누구일지라도 화재 현장에서 퇴로를 찾지 못하면 공포와 두려움 속에 질식하여 쓰러져갈 수밖에 없었다.

그 화재에 맞설 장비와 기술을 지닌 우리들은 늘 서둘러 달려갔지만, 두려움에 갇힌 모든 이들을 구조해낼 수는 없었다.

사람들은 평생 겪어본 적이 없는 화재에 흔히 무심했고, 뉴스에 나오는 화재 현장의 인명 피해 소식에 혀를 차며 안타깝게 바라보면서도 자신의 집에 소화기가 있는지는 확인하지 않았다. 화재가 발생했을 때 유일한 탈출 경로인 아파트 비상계단의 방화문은 흔히 활짝 열린 채 쓰레기 분리수거나 화분, 자전거를 놓아두는 공간으로 쓰이고 있었고 상가 건물의 피난 통로와 비상구는 본연의 존재 목적을 잊은 채 잡다한 적재물을 쌓아두는 창고와도 같은 비루한 역할에만 충실하고 있었다. 현재 소방 인력은 현장 출동에 대응하기에도 바쁠 정도로 부족하다. 관할 구역 내 수백 수천의 건물들을 조사하기란 사실상 불가능하다. 심지어 다친 개나 고양이, 커다란 바퀴벌레까지 잡아달라는 전화를 받는 119 출동 지령 시스템은 주민 편의를 위한다는 이유로 그 모든 요청에 대응하고 있다.

뜨거운 화재 현장에 맞서 생명을 구하기 위해 소방관이 된 많은 이들은 이 사회에 차고 넘치는 사소하고도 무지몽매함에 혀를 내두르면서도 오직 사람에게 봉사한다는 그 마음가짐 하나로 버틴다. 어떻게든 버텨내려고 한다. 그 답답한 날들 가운데서 또 화재나 사고는 수없이 발생하고 분명 우리를 기다리는 간절한 손길이 어디서나 나타나기 때문이다. 사이렌을 울리며 달려가 오직 사람의 생명을 구한다는 자격과 책임이 우리의 어깨에 지워져 있다는 것을 너무나 잘 알기 때문이다. 언젠간 그 살고자 하는 이의 손을 마주 잡아 줄 수 있다는, 우리가 구해내고자 하는 이에게 가 닿을 수 있으리라는 확신과 희망을 간직하고 있기 때문이다.

많은 희생을 목도하고 구해낼 수 없었던 순간을 수없이 마주하면서도 그 비극에 대한 죄책감과 무너지는 가슴에서 벗어나 반드시 그 감상을 털어내고 일상으로 복귀해야만 함은 아마도, 또 다른 비극과 참사의 현장으로 달려가는 순간을 기다리는 것에 기초하여 오늘과 내일을 살아나가야 하는 것이 소방관의 일상이기 때문이다.


귀소하는 구조 버스 안에서 문득 앞자리의 선배에게 말했다.

"선배. 다음에는 조금이라도 더 일찍…… 구해낼 수 있을 때 도착하고 싶네요."

덩치 큰 선배가 씨익 웃으며 말했다.

"그래. 꼭 그러자. 이따 소주나 한잔해."

"아까 유리창이요, 백드래프트Backdraft 맞죠?

"그래 뒤질 뻔했어. 근데 거실을 왜 그렇게 꽁꽁 막아놨는지……."

부엌 창문이 열려 있었지만 그것만으론 거실에 충분한 산소가 공급되지 못했다. 불씨는 숨죽여 가라앉았고 내부에는 뜨거운 가연성 가스만 가득 찼다. 그때 밖에서 현관문을 개방했고 공기가 갑자기 유입되면서 불꽃이 폭발적으로 살아난 것(백드래프트 현상)이라는, 부대장님의 설명이 이어졌다.

　또 다른 주택 화재 현장 경험담과 구조 기법, 빠뜨릴 수 있는 인명 검색의 기본에 대한 논의로 구조 버스 내부는 침체된 분위기를 조금씩 털어내기 시작했다. 심야의 불 냄새 가득한 소방차들이 녹초가 된 채 소방서로 향하는 길 위에서도 서울 시내를 오가는 차량 행렬은 경적을 울리며 길게 늘어서 있었다.

뜨거운 화재 현장에 맞서 생명을 구하기 위해 소방관이 된 많은 이들은
이 사회에 차고 넘치는 사소하고도 무지몽매함에 혀를 내두르면서도
오직 사람에게 봉사한다는 그 마음가짐 하나로 버틴다.
어떻게든 버텨내려고 한다.
사이렌을 울리며 달려가 오직 사람의 생명을 구한다는 자격과 책임이
우리의 어깨에 지워져 있다는 것을 너무나 잘 알기 때문이다.

# 아름다웠던 그대들의
# 마지막 비행

전화가 걸려왔다. 받지 않았다.

벌써 몇 통째 부산에 계신 아버지를 시작으로 가깝게 지

냈던 선배와 동료들에게 수없이 전화가 걸려오고 있었다.

모두가 같은 이야기를 했다.

"헬기, 위험하다. 타지 마라. 탈 생각 하지 마라."

잠시 고민하다가, 무음으로 설정했다. TV에서는 끊임없

이 뉴스 속보가 흘러나오고 있었다.

"광주 도심 소방 헬기 추락…… 5명 전원 사망"

"광주 헬기 추락, 강원소방본부 특수구조단 소속……"

"세월호 수색 지원 후 복귀 중 광주 시내 추락"

믿기지 않는 소식에 나는 할 말을 잃었다.


사고를 당한 사람 중에는 내가 잘 아는 이름도 있었다.

강원도 특수구조단의 젊은 항공구조대원, 이은교 소방관.

그는 구조 현장에서 응급 처치가 얼마나 중요한지 알기

때문에 직접 간호학과에 입학해 공부할 정도로 열정적이

던 사람이었다. 나 역시 응급 처치를 전문적으로 배우려

는 집념과 열정이 있어 소속 지역은 달랐지만 온라인상에

서 그와 대화를 나누곤 했다. 가끔 그가 올린 예쁘게 꾸며

놓은 강원도의 옥탑방, 사랑하는 사람과 함께한 저녁 식사

사진을 보면 내 마음까지 따뜻해졌다. 그는 곧 결혼을 앞

두고 있었다.

그 옥탑방 사진이 떠오른 순간, 마음이 무너졌다. 담배를

꺼내어 물다 눈물이 왈칵 터졌다. 하늘로 눈을 돌리자 멀

리 도봉산 선인봉이 보였다. 충격과 슬픔이 뒤엉킨 날에도 나는 발목을 다친 환자를 향해 고지대로 달음질해야 하는 산악구조대원이었다. 덥고 습한 날씨에 입에서는 종일 단 내가 났다.

　순직 소방대원 다섯 명에 대한 추모가 이어졌다. 3개월 째 사임하지 못하고 있는 국무총리가 빈소를 찾았다. 동료 소방관들은 그 앞에 무릎을 꿇고서 낡아버린 헬기를 타고 나가야만 했던 이들의 열악한 처우를 개선해달라고 울부 짖었다. 합동 분향소에는 순직 대원의 아이가 아버지 대신 엄마와 동생을 잘 돌보겠다며 하늘나라 먼 여행 빨리 끝내 고 같이 살자는 편지를 남겼다.

　다섯 생명을 앗아간 하나의 비극적인 사고였지만, 그들 의 삶과 죽음은 모두 개별적이었다. 모두가 저마다의 일상 이 있었다. 대원 한 명 한 명이 그 가족들에겐 소중한 아버 지였고, 아들이었으며, 남편이고 소중한 연인이었다. 저마다 퇴근 후 귀가를 기다리는 가족이 있었을 테고 들뜬 마음으로 준비하던 여름휴가 계획이 있었을 것이며 저마다 한 해의 목표와 노후에 이루고 싶었던 개인적인 희망이 있었을 것이다.

그토록 개별적인, 저마다의 인생이었다. 그들의 삶이었다.

한날한시에 사그라진 그들의 생명은 사명감으로 어우러진 장렬한 비극이었으되 각자의 소중한 일상을, 그 개인적 삶의 영위를 저버려야 했던 너무도 개별적인 희생이었다.


퇴근한 날 늦은 밤, 강원도를 향해 낡은 차를 몰았다. 밤 열두 시쯤 도착한 장례식장에는 근무복을 입은 소방관들 몇 명이 무리 지어 있었다. 침통한 표정으로 선 그들의 옷깃엔 검은 리본이 달려 있었다. 잠시 망설이다 추모식장 입구에서 넥타이를 고쳐 매고 담배를 한 대 피웠다. 조심스럽게 들어가 다섯 영정을 마주하고 거수경례를 올렸다. 참으려 했지만 또다시 눈물이 터져 나왔다. 국화를 올리고 서둘러 걸어 나왔다.

왜, 왜. 대체 왜 그들은 그렇게 가야만 했는가. 어째서 그런 비극적인 일이 일어나야만 했는가.

광주 고실마을에 추락한 헬기의 잔해 곁에 국화 꽃다발이 놓여졌다. 침통한 소식에 시민들도 자발적으로 추모를 시작했다. 이은교 소방관이 사고 한 시간 전 자신의 개인 홈페이지에 올렸던 마지막 글이 화제가 되었다. 소방공무원을 왜 국가직으로 전환해야만 하는지에 대해 역설한 내용이었다. 그는 누구보다 목소리를 높여 그 정당성과 중요성을 주장해왔다. 산산조각 난 잔해들을 헤집으며 비통한 심정으로 소방관들의 최후를 수습해야 했던 이들은 광주광역시 소속 소방관들이었고 그들의 손에 수습된 이들은 강원도 소속 소방관들이었다. 그들은 같으면서 또 달랐다.

우리는 자랑스러운 대한민국 소방관이지만 정부 소속은 아니다. 전국에 배치되어 있는 소방관 99.7%가 17개 시도의 지방자치단체 소속이다. 각 지자체가 통솔하기 때문에 지역 행정청의 예산이 적으면 소방본부는 소방 장비를 충분히 지급받지 못한다. 낡은 소방차를 교체할 수도, 부족한 소방 인력을 보충할 수도 없다. 어느 지역에서는 구급대원으로 채용된 소방관이 화재를 진압하다 무너진 벽에 깔려 숨졌다. 또 어느 지역에서는 교대할 인원이 없어 과로에 시달리던 소방관이 화재 현장에서 열사 당했다. 아직도 남아 있는 1인 소방서, 전국의 119지역대에서는 넓은 관할 구역을 24시간 홀로 근무하며 지켜야 하는 것이 선진국을 자처하는 대한민국 소방의 현주소다.

소방관들은 결국 시위에 나섰다. 피켓을 들고 방화복을 입은 채 1인 시위를 시작했다. 소방관의 권리를 위해서가 아니라, 국민 모두 평등하게 안전을 보장받을 수 있도록 하기 위해서. 소방공무원이 국가직으로 전환된다고 해서 급여가 올라가는 것이 아니다. 스스로의 안위와 권리를 위

해 움직였다면 그토록 당당할 수 없었다.

하지만 노력에도 불구하고 결국 소방방재청은 해체되었고 국민안전처 산하로 편입되었다. 소방관 국가직 전환은 무기한 연장되었다. 여야의 정치인들은 소방공무원 국가직 전환을 위해 단계적으로 노력한다는 조항에 합의했지만 일선의 소방관들은 10년은 더 걸릴 것이라 말하며 그저 쓴웃음을 지었다.

모두가 지난 10년 전에 비하면, 또 그 10년 전에 비하면 훨씬 좋아졌다고 말한다. 그러나 소방관에 대한 처우가 조금씩 개선되어올 수 있었던 것은 국가와 지방자치단체가 지속적이고 꾸준하게 관심을 두어서가 아니라 소방관들의 비극적인 순직 사고가 끊이지 않아서다.

우리는 자조적으로 말한다. 얼마나 더 많은 소방관이 피를 흘려야 이 세상이 바뀌겠냐고. 더 이상은 기대도 하지 않는다고.

대한민국 땅에 뿌려진 비명에 가야 했던 젊은 소방관들의 뜨거운 피를 세상은 너무도 빨리 잊어버린다. 우리는 언론을 믿지 않는다. 여론에 의지하지도 않는다. 비극은 강조하되 개선 대책에 대한 소식은 너무도 드물고 더디다.

다만 나는 그저 기도할 뿐이다.

위험에 처한 이에게 조금이라도 더 빨리 다가갈 수 있기를. 모든 준비를 갖추고 달려가 그의 손을 잡아줄 수 있기를. 그의 손을 굳게 잡고서, 그의 삶을 그 소중한 생명을, 온전히 그의 일상으로 그를 기다리는 가족에게로 데려다줄 수 있기를. 대한민국 모든 국민이 좀 더 안전할 수 있는 권리를 보장받을 수 있기를.

다만 그렇게 기도할 뿐이다.


추락과 폭발의 순간까지 조종간을 붙들고 인적이 드문 곳으로 헬기를 몰아가야 했던 다섯 소방관의 마지막 임무는 세월호 침몰 현장 인근의 수색 비행이었다. 세상 무엇에도 비할 바 없이 커다란 슬픔에 잠긴 부모에게, 소중한 자녀의 차갑게 식은 육신이라도 안겨주려는 희망의 날갯짓이었으며 국민 단 한 명의 생명도 소홀히 할 수 없는 국가의 절대적인 책무이며 존재의 기초 이유이자 숭고한 목적을 대신 실천하는 힘찬 비행의 임무였다.

2014년 4월, 승객 400여 명을 태우고 제주도로 향하던 여객선이 침몰했다.

눈 깜짝할 사이에 사라져버린 것이 아니라, 두 눈을 뜨고 가라앉는 모습을 수 시간 동안 지켜봐야 했다. 선장과 선원들은 가만히 있으라는 말만 남긴 채 가장 먼저 탈출했다. 수학여행을 떠나며 설렘 가득했던 꽃 같은 아이들과 효도 여행을 떠났던 가족들 그리고 생계유지를 위해 배에 탑승했던 너무나 많은 이들이 하늘에 뜬 구조 헬기를 바라보며 희망에 차올랐다가 끝끝내 공포에 질린 채 차가운 물속에 가라앉아야만 했다.

두려움에 부둥켜안고 있던 이들에게 국가는 단 한 걸음도 다가가지 못했다. 해양경찰청 구조대는 단 한 명도 선박 내부로 진입하지 못했고, 기다리던 아이들의 손을 잡아 주지 못했다. 누군가는 가라앉은 배를 교통사고에 비유했다. 희생자 300명을 놀러 가다 죽은 사람들이라고 했다.

나는 감히 묻고 싶다. 철저히 개인적으로 묻고 싶다.

교통사고를 당한 이들을 구조하는 것도, 소중한 일상의 그 어떤 순간 위험에 직면한 이들에게 다가가는 것도 사람이 사람에게 다가가는 너무도 사람다운 일이 아닌가. 동시에 국민의 생명을 보호해야 하는 의무를 지닌 국가의 당연한 책무임을 동정심을 잃은 당신들은 잊고 있는가.

국가의 명을 받아 국민의 생명을 지켜내던, 낡았지만 붉게 빛나던 소방 헬기의 마지막 비행을 욕되게 하지 말아달라. 마지막 순간까지 결코 놓지 않았던 놓을 수 없었던, 그들의 사명을 그들의 희생을 불필요한 죽음으로 만들지 말아달라.

나는 소방관이다.

소방관으로서 많은 사고 현장에 출동했다. 가정에서 상가에서 일반 도로에서 도심의 평범한 일상과 산과 강, 바다에서 고통에 신음하는 평범했던 수많은 이들의 부상과 죽음을 목도했다. 늘 구해내고 지켜내려, 내 앞에 신음하는 소중한 생명을 평범하고도 소중했을 그 사람의 일상에 온전히 데려다주기 위해 나에게 주어진 의무를 다하기 위해 그 사명을 위해 내 안의 모든 최선을 다했지만, 늘 성공적이지는 못했다.

심장이 멎은 채 굳어버린 아버지의 주검 곁에서 어린 두 딸이 울부짖었다. 파랗게 질린 영아를 품에 안은 아버지의 눈물과 어머니의 통곡을 들었다. 피를 토하며 죽어가는 아버지의 손을 잡고 이렇게 가면 안 된다고 화를 내던 젊은 아들의 절망스런 호소를 기억한다.

내 앞에 놓인 모든 비극 앞에 나는 언제나 무방비로 노출되었다. 그 모든 하나하나의 이별과 그 슬픔과 가족들의 눈물이 나를 수없이 무너뜨렸지만 나는 다시 일어서 나의 일터로 돌아왔다. 돌아와, 또 다른 슬픔을 막으러 나갈 채비를 해야 했다. 다시 출동 벨이 울리면 또 다른 비극을 막아내기 위한 나의 최선을 준비해야 했다.

처음으로 바닷물에 잠겨 공포에 질린 작은 아이의 손을 잡아줄 수 있던 날, 화재 현장을 더듬어 옥상에 갇힌 사람에게 공기 호흡기를 씌워주던 날, 길을 잃고 깊은 산중을 밤새 헤매고 있는 한 노인을 찾아 온 산의 나무 틈새를 헤집던 날의 안개 내음을 기억하기 때문에, 그 모든 생명들의 작지만 무엇보다 강렬한, 생을 향한 떨리는 의지를 잊을 수 없기 때문에라도 나는 무너지지 않고 소방관으로서 내 모든 최선을 다해야만 한다.


하나하나의 생명과 삶이 너무도 특별하고 소중함을 소

방관인 나는 사고 현장에서 바라봐야만 한다. 희망과 절망이 교차하는 순간을 수없이 마주하는 나는 동정심을 잃은 이들이 그저 안타까울 뿐이다. 동정심은 공감으로부터 시작된다. 타인에 대해 베풀어야 하는 값비싼 감정의 낭비가 아니라, 자신에게 일어날 수도 있는 사고임을 인지하고 간접적으로나마 그 슬픔에 공감하는 것이다.

그러나 많은 이들이 비극적인 사고를 자신과는 무관하게 바라본다. 실제로 평생 사고 없이 살아가는 사람도 많을 것이다. 하지만, 사고로 죽어가는 모든 이들 역시 그들의 삶에 그런 비극을 예상하지 못한 평범한 개인이다. 두서없는 이 글을 읽어 내려가는 독자 역시 자신의 삶을 자신의 방식으로 살아가는 이들 중의 한 명일 것이다.

울음과도 같은 다급한 소방차의 사이렌에 길을 양보하지 않는 이는 언젠간 그 출동의 목적지에 자신의 가족이 있을 수도 있다는 그 분명한 일말의 가능성을 외면하는 것이다.

하루에도 몇 번씩 출동 벨이 울리고 달려 나간다. 대개 코피가 나서, 배가 아파서, 신고한 이들은 걸어서 구급차에 탑승한다. 우리는 늘 설명한다. 119구급대는 응급 상황을 위해 배치되어 있으며 지금 이 순간 분초를 다투는 응급 환자가 발생할 경우 멀리서 구급대가 출동해야 하기에 생존 가능성이 줄어들 수밖에 없다고. 그럴 경우 보통은 얼굴을 붉히거나 구급대원이 불친절하다고 민원을 넣는다. 우리는 경위서를 쓰거나 전화를 걸어 잘못을 빌고 민원 글을 삭제해주길 부탁해야만 한다. 십수 년을 근무한 고참 구급대원은 나를 안타깝게 바라본다. 포기하면 편하다고 말한다. 나는 화를 내다가도 쓴웃음을 짓는다.

그럼에도 희망은 존재한다. 치킨 두 마리를 안전센터 입구에 몰래 놓고 간 동네 주민의 감사 편지를 지난 야간 근무 중에 받았다. 밤새 기분이 좋았다. 소방차를 향해 손을 흔들며 지나가는 동네 꼬마들의 반짝이는 눈빛 덕에 또다시 힘을 낸다. 구급차에게 기꺼이 길을 양보하는 이들의 보이지 않는 감사한 마음에 보답하기 위해서라도 더욱 힘을 낸다. 나는 내가 겪어야만 했던 수많은 슬픔을 깊은 곳에 넣어둔 채 또다시 웃으며 출근할 것이다.

나는 대한민국 소방관이다. 서울특별시 소속의 지방직 소방공무원이다. 나의 작고 편협한 사고가 4만 명에 가까운 모든 소방관들의 입장을 대변할 수 있다고 생각하지는 않는다. 그러나 대한민국의 모든 소방관들이 아름다운 국민들을 위해, 그들의 소중한 일상을 지켜내고 구해내기 위해 최선을 다할 모든 준비가 되어 있다고 말함에는 반초의 망설임도 없다.

부디 1년 전의 비극을 잊지 말아달라. 다섯 순직 대원들의 가족들의 눈물은 아직 마르지 않았고 강원도 특수구조단 소방1항공대의 헬기 격납고는 여전히 비어 있다. 그들의 생명의 불꽃은 사그라졌으나 그들의 사명은 대한민국 소방관이라는 이름으로, 국민들을 지켜낸다는 그 일념의 자부심으로 언제까지나 붉게 타오를 것이다.

**故 정성철 지방소방령**

**故 박인돈 지방소방경**

**故 안병국 지방소방위**

**故 신영룡 지방소방장**

**故 이은교 지방소방교**

**다섯 분의 영웅 소방관들을 추모하며.**

타는 가슴이야

내가 알아서 할 테니

길 가는 동안

내가 지치지 않게

그대의 꽃향기,

잃지 않으면 고맙겠다

—이수동, 〈동행〉 중에서

# 지켜내지 못한
# 얼굴을 떠올리며

노모는 마흔일곱의 아들을 새벽 다섯 시 반에 깨우고 아침 운동을 다녀왔노라고, 일곱 시쯤 집에 도착해 화장실 문을 열자 아들이 칫솔을 물고 쓰러져 있었다고 말했다.

현장에 도착한 구급대원 여섯 명이 최선을 다했지만 이미 몸은 차갑게 식어 있었고 심장 리듬은 일직선에서 조금의 움직임도 보이지 않았다.

'어떤 조치라도 해야 한다.'

40대 남성의 건장한 체구와 남아 있을 그의 젊음이 아까워 대원들의 어깨에는 비장함이 가득하지만 2분 간격으로 상태를 확인할 때마다 그저 어금니를 깨물 뿐이다. 아들이 생사를 오고 가는 시간, 늙은 모친은 거실 한쪽에서 손바닥으로 얼굴을 감싼 채 고개를 들지 못했다. 병원으로 향하는 구급차 안에서는 짓눌린 흐느낌이 새어 나오는 듯했다.

응급실을 나서자, 험난했던 새벽을 밀어내기라도 하듯 한창 해가 떠오르고 있었다.

빛을 따라 문득 얼굴을 감싸 안은 주름진 손이 눈앞에 번졌다. 아들의 마지막을 차마 볼 수 없어 앞을 가리던, 그 노수老手 아래 눈물을 닦아줄 수 없었다.

이제 노모는 앞으로 여생에 새벽이 밝아올 때마다 외출을 할 수 없으리라. 아들을 먼저 보낸 날을 평생 잊지 못해, 차마 찬란

한 아침 햇살을 마주볼 수 없으리라. 당신은 죄가 없다. 차라리 우리를 원망해달라. 당신의 아들을 살려내지 못한 우리들을 원망하며 살아달라.

어깨를 늘어뜨린 채 소방서로 돌아왔다.

밤새 많은 곳을 달리는 동안 낡아버린 무릎과 눈꺼풀 그리고 마음 깊은 곳 한편에는 썩은 진물만이 들어찼다.

냉수 한 잔 들이켜고 싶었다. 이대로는 잘 수도 현장으로 뛰어나갈 수도 없었다. 비틀거리듯 정수기로 다가가자 습기 찬 커피 케이스가 눈에 들어왔다. 얼음을 가득 채운 냉커피를 마시기로 했다. 머그잔에 커피 분말을 먼저 쏟아부을 때 문득 얼굴을 감싼 노부인의 주름진 손이 떠올랐다. 가슴이 답답해져 왔다. 어제 사놓은 사이다가 생각나 냉장고를 열었다. 나의 머그잔 겉면에는 다른 행성에서 왔다는 서양의 붉고 푸른 영웅 마크가 새겨져 있었다.

'오늘 난 누군가의 소중한 아들을 구해내지 못했고, 노모를 부양하려는 아들의 새벽 칫솔질을 지켜내지 못했다.'

붉은 보자기를 둘러매고 골목대장처럼 동네를 뛰어다니던 어린 시절이 떠올랐다. 만인을 구해내는 영웅이 되고 싶었던가. 그러나 오늘, 나는 누구를 지켜냈던가. 갈증이 나 머그잔을 들이켰다.

사이다 거품에 섞인 커피 분말들이 새까맣게, 메마른 식도를 긁으며 흘러 넘어갔다.

# 노병을 위한 나라는 없다

뚜- 뚜-

생체 징후 모니터의 비프음이 울려 퍼질 뿐, 구급차 내부엔 어색한 침묵만이 가득했다.

마른침을 넘기며 말을 건넸다.

"6·25 참전 용사신가 봐요, 어르신."

노부인이 대답한다.

"그럼요. 영감이 월남에도 다녀왔시오."

"아, 그렇군요."

"뭐하러 그 고생을 해가지고 저래 누워 사는지 참말로……."

"네……."

노인은 텅 빈 눈빛으로 먼 곳을 응시하고 있었다.


하반신 마비로 거동할 수 없는 노인은 이틀 전부터 설사가 심했다고 남루한 행색의 노부인은 말했다. 출동 지령을 받고서 구급차가 정릉동 낡은 빌라 앞에 도착했을 때, 좁다란 계단엔 쓰레기들이 가득 쌓여 있었다. 2층 구석의 녹슨 현관문에 들어서자 눅눅한 방에선 세월에 찌든 누린내가 배어 나왔다. 낡은 이불에 쌓인 노인의 앙상한 팔에 커프를 감고 혈압을 측정했다. 일단 당장 생체 징후는 크게 흔들리지 않고 있었다. 보훈병원으로 가야 한다는 말에 우리는 아연했다.

평일 낮 시간대의 교통 정체를 감안했을 때, 왕복 한 시간 반 이상은 소요될 거리. 관할을 그리 오래 비우긴 어려웠다.

마른침을 삼키고 말을 이었다.

"정릉동에, 구급차가 한 대밖에 없어요. 어머님."

노부인은 지친 눈빛으로 나를 바라봤다.

"그렇게 장거리를 이송해드리기는 어려워요. 도중에 관할 구역에서 심정지 같은 응급 환자가 발생하면, 멀리서 구급차가 와야 하거든요."

그녀는 시장에서 장사를 한다고, 비린내가 묻어나는 앞치마 차림으로 말했다.

"그럼, 어떻게……."

운전을 담당하는 기관대원이 대신 말을 이었다.

"만성 질환 환자는 사설 구급차를 부르셔야 해요."

사설 구급차는 킬로미터 당 얼마의 요금을 내야 한다.

기관대원이 설명하는 동안, 참담했던 나는 시선을 돌렸다. 색바랜 벽지가 우리를 둘러싸고 있었다. 때 묻은 흔적들을 바라보다 문득 벽 중앙에 걸린 액자가 눈에 들어왔다. 반질반질한 낡은 액자 속에는 훈장이 걸려 있었고, 빛바랜 메달 아래 오랜 역사가 묻어나는 글씨가 깊게 새겨져 있었다.

6·25 참전 용사 무공 훈장.

훈장을 잠시 바라보다 문득, 2년 전 국립묘지에 이장된 조부님이 떠올랐다. 얼굴조차 뵙지 못한 할아버지. 아버지가 고등학교에 다니실 때, 오랜 지병에 시달리다 지리산 아래 작은 고향 마을에서 돌아가셨다고 했다.

상념에서 벗어나 시선을 돌렸다. 이불에 쌓인 노인은 삶의 모든 순간에 지쳐버린 듯, 텅 빈 눈빛을 베개 너머로 떨어뜨리고 있었다.

나는 기관대원의 말을 막았다.

"저희 차량으로 모실게요."

노부인과 대원이 동시에 나를 바라봤다.

"신분증이랑 필요하신 것 챙기세요."

"감사합니다, 정말 감사합니다."

노부인은 몇 번이고 고개를 숙였다.

우리는 비좁은 계단으로 들것을 들어 내렸다. 나는 엉거주춤한 자세로 머리 쪽을 잡고 있었다. 노인은 여전히 아무것도 바라보고 있지 않았다.


나라는 어디에 있는가.

이 나라는 왜 이토록 가난한 것인가.

구급차는 좁다란 골목을 조심스레 돌아 나갔다. 골목 사이마다 불법 주차된 차량들로 이리저리 가로막혀 있었다. 쪽창 너머로 기관대원의 투덜거림이 들려왔다.

"자기네 집에는 불이 안 날 것 같지. 코앞밖에 못 보는 놈들."

구급차는 내부순환로를 탔다. 차량 안에 설치된 무전기에선 옆 동네 구급차의 무전이 흘러나왔다. 복통 환자를 이송한다고. 또 다른 구급차의 무전이 들려왔다. 아침에 길에서 잠든 만취자를 경찰에게 인계한다고 했다. 마스크 아래로 작게 한숨을 내쉬었다.

구급차가 아니라, 복지 택시라고 불러야 하는 건 아닌지.

오늘날 119구급 차량은 일종의 택시가 되어 있었다. 심정지, 중증 외상 등의 응급 환자에게 신속히 다가가려고 만든 119구급대의 설치 목적은 친절 대응이라는 지침 아래 무색해진 지 오래였다. 비응급 이송을 거절할 순 있었지만, 민원이라도 한 건 들어오면 경위서를 제출해야 하고 민원을 제기한 시민에게 수없이 고개를 조아려야 하는데 누가 감히 거절할 수 있겠는가.

차라리 포기하면 편하다. 구급대 고참들의 입버릇은 결코 그들의 잘못이 아니다.


내부순환로는 꽉 막혀 있었다. 가난한 나라에 살면서도 다들 차는 가지고 있는 모양이다. 노인의 혈압을 다시 측정하고 나서 인적 사항을 기록했다.

어색한 침묵 끝에 나는 말문을 열었다.

"저희 조부님도 국립묘지에 안장되셨어요. 재작년에서야. 일찍 돌아가셔서 전 얼굴도 못 뵀지만. 6·25 때 참전하셨거든요."

노인이 처음으로 고개를 돌려 나를 본다. 그 시선이 민망해 얼른 말을 이었다.

"21연대 소속이셨다고, 아버지께 들었습니다. 7월 중공군 공세 때 어느 전투에서 다치셨다고……."

노인은 힘겹게, 그러나 맥박 뛰듯 분명한 목소리로 말했다.

"금성지구 전투."

깜짝 놀라 노인을 바라봤다.

그다음 순간, 나는 당황할 수밖에 없었다.

노인의 눈에 생기가 띠었다. 그는 처음으로 몸을 움직여 천천히 오른손을 들었고 우측 미간에 가져다 댔다. 노인은, 아니 한 노병은 나에게 그리고 내 이야기 속 또 다른 노병에게 거수경례를 하고 있었다.

왈칵. 뜨거운 무언가가 내 가슴속에 밀려들었다. 나는 자세를 바로 하고 거수경례를 붙였다.

"저희 할아버지께서도 자랑스러워하실 겁니다."

노인은 천천히 팔을 내리고 다시 먼 곳을 바라보기 시작했다.

나는 마른침을 삼켰다.


이 나라는 저 눈빛으로 지켜낸 것이구나.

구급차는 넓은 보훈병원 부지를 돌아 응급실로 미끄러져 들어갔다. 응급실 안에는 수많은 노인들이 누워 있었다.

이 나라의 얼마나 많은 노병들이 전장에서 얻은 부상과 후유증을 안고 힘겹게 사는 걸까.

구급 출동 중이거나 귀소 중에 간혹 보훈병원으로 향하는 서울 전역 구급대원들의 이송 보고를 들을 때가 있다. 가까운 강동이나 송파 소재의 소방서가 아닌 이상, 대부분 구급 차량들이 먼 길을 돌아 모여들기 때문에 각 관할 구역은 오랫동안 빌 것이다. 관할 구역에 남은 사람도 보훈병원까지 이송하지 못 하는 사람도 돌볼 수 없는 건 매한가지다.

수많은 이들이 생명을 던져 지켜낸 나라는 어디에 있는가.

우리는 가난한 나라에 살고 있다. 목숨을 던져 나라를 지킨 군인조차 보살필 수 없는, 우리는 여전히 너무도 가난한 나라에 살고 있다.

돌아오는 내부순환로에서 나는 창밖의 고급 외제 차량을 세어보다 그만두었다.

한낮의 교통 정체에 지쳤는지 기관대원은 길게 하품을 내쉬며 라디오를 틀었다. 앵커가 전하는 뉴스에서는 세계에서 여섯 번째로 높다는 초고층 건물, 제2롯데월드타워 완공이 몇 달 앞으로 다가왔다는 소식이 흘러나오고 있었다.

노인은 먼 곳을 응시하고 있었다.
눈빛엔 어떤 감정도 담겨 있지
않았다.
전쟁의 참상보다 구급차에 쉬이
몸을 뉘일 수 없는 지금이
노인의 공허한 눈빛을 더 깊게
만들고 있는 듯했다.

# 반드시 살려내고 싶었다

숨이 턱까지 차오른다.

붐비는 등산객들로 인해 뛰어 올라가기도 녹록지 않다.

일요일 오전의 평화는 짧았을 뿐, 11시 52분에 울린 출동 벨 소리로 산악구조대의 고요는 깨졌다. 등산 중 갑자기 쓰러졌다고, 달리는 산악구조 차량의 요란한 사이렌 속에 신고자와 통화한 바 현재 요구조자의 의식과 호흡이 없다. 동시에 출동한 소방

항공대 헬기는 아직이다. 시동이 걸리는 데 소요되는 시간만 7분. 김포 공항 내 이륙장에서 즉시 출발한다고 해도 이미 늦다.

도봉로 버스 전용 차선을 달려, 진입로의 등산객들을 헤치며 현장에서 가장 가까운 등산로 초입에 도착하는 데만 5분이 지났다. 정차하자마자 뛰어내려 쇳덩어리로 이루어진 들것 배낭은 남겨둔 채 AED와 인공호흡기만 꺼내어 든다. 그 시간마저 아깝다. 욕설이 흘러나온다.

"일단 뛰어!"

팀장님의 호령이 떨어지기가 무섭게 대원들이 내달린다. 대기 중에 미세 먼지가 가득하다는 뉴스가 나왔음에도 오랜만에 따뜻한 주말 날씨 덕에 들뜬 등산객들로 도봉산이 온통 미어질 지경이었다. 인파를 피하고 헤치며 얼마나 올랐을까. 평소와는 다른 위화감이 몰려왔다. 누런 안개와도 같은 미세 먼지에 늘 가까워 보이던 선인봉이 저 멀리 뿌옇다. 이런 기상 상황에 산으로 밀려든 등산객들이 답답하다.

"뉴스도 안 보는 거냐……. 야외 활동 자제하라니까."

점점 가슴이 답답해진다.

'아침을 먹지 말걸…….'

문득 무거운 몸을 탓해본다.


힘겨운 달음질이 조금씩 느려질 무렵 저 멀리 사고 현장이 눈에 들어온다. 다행스럽게도 산 중턱에 상주하는 경찰 산악구조대가 먼저 도착해 있다. 의경 구조대원에게 가슴 압박을 넘겨받는다. 비뚤어진 심장충격기의 패치 부착 위치가 조금 거슬리지만, 가슴을 압박하며 인공호흡을 불어넣는 사이 분석이 시작된다. 상황과는 어울리지 않는 무미건조한 여성의 음성이 흘러나온다.

"제세동이 필요합니다. 모두 물러나주세요."

"떨어지세요! 떨어져!"

붉은색으로 깜빡이는 전기 충격 버튼을 누른다. 전류가 관통한 요구조자의 몸이 일순간 요동친다. 가슴 압박을 다시 시작한다. 저러다 갈비뼈 부러지는 거 아니냐고 뒤편에서 누군가가 중얼거리는 소리가 들린다. 심장이 멎었는데 갈비뼈가 대수인가. 요구조자의 발을 툭 칠 정도로 가깝게 지나가며 기웃거리는 등산객들 때문에 더 예민해진다.

"뭐하자는 거야. 주위 통제 좀 해주세요!"

함께 출동한 후배 대원과 압박을 교대하고, 2분간의 압박과 인공호흡을 반복. 다시 분석이 실시된다.

"제세동이 필요하지 않습니다. 가슴 압박을 시작해주세요."

"한 번만 가자. 제발 한 번만……."

이미 늦은 건가. 머릿속은 복잡하지만 손끝에 체중을 실어 쉼 없이 압박을 계속한다. 응급구조사 2급 자격을 갖춘 대원으로서 할 수 있는 최선이 그뿐이다. 흘러내리는 땀방울이 무색하게 등산로에 쓰러져 있는 남자는 아무 반응이 없다. 60대로 추정되는 이 남자는 누군가의 아버지이고 누군가에겐 친구이며 또한 소중한 사람일 텐데. 우리에겐 다만 심장의 움직임이 멈춘 한 명의 요구조자이며 최선의 응급 처치를 제공해야 하는 대상일 뿐이다. 그마저도 소생 가능성이 줄어들고 있음을 흘러가는 시간은 차갑게 증명한다. 땀이 눈으로 흘러내린다. 안타까움이 가슴을 죄어온다.

그때 일대를 침묵시키는 회전익의 굉음이 가까워지며 항공대 헬기가 상공에 도착했다. 접근 경고 사이렌이 3회 울리고 일대에 엉켜 있던 낙엽과 흙모래, 겨우내 말라 있던 나뭇가지들이 부서지며 비산하여 눈, 코, 입, 모든 뚫린 곳으로 밀려든다. 미처 헬멧과 방풍 고글을 착용할 틈이 없었던 나는 실눈을 뜨고 압박을 반복한다. 후배 대원이 요구조자와 내 머리 위로 혹시 날아들지 모르는 돌이나 나뭇가지 따위를 온몸으로 막고 섰다.

항공구조구급대원이 호이스트에 건 와이어에 의지한 채 하강한다.

'빨리 와라. 서둘러야 한다.'

그때, 다시 분석을 시작한다. 재촉하는 듯 붉은빛이 깜빡인다. 쇼크. 충격과 동시에 압박을 시작하는 동안 하강한 구급대원이 서둘러 다가온다. 신속히 제세동기를 교체하고, 심전도 리듬을 분석한 결과.

절망적인 일직선의 무수축.

'젠장, 혹시나 했는데…… 헬기 하향풍에 흔들렸나?'

헬기에서 내린 들것에 요구조자를 옮겨 인양이 용이한 장소로 이동한다.


살 수 있을까. 아마 힘들겠지. 살려내고 싶었는데…….

밀려드는 절망을 외면하며 호이스트가 들것을 들어 올리기 직전까지 압박을 계속한다. 멀찍이 떨어져 있던 신고자인 동행은 요구조자가 심장 근육이 비대해지는 병 때문에 수술도 두 차례 받았다고 말했다. 녹초가 된 몸에 남은 힘마저 빠져나간다. 심근비대증. 정상인으로서도 소생을 기대하기 어려운 상황에 지독한 병력까지 겹쳤다.

한숨이 나온다.

등산이 건강에 좋다고? 제발, 환자에게 그런 말은 참아주었으면.

급성 심장 질환을 가진 이가 산을 오르는 건 자신의 생명에 대한 방종이다. 구조대원이 아닌 의사와 손잡고 오르더라도, 심장이 멈추는 순간이 오면 생사를 장담할 수 없는데…….

"아무리 산이 좋아도 살아서 내려가야 좋은 거지."

하지만 잘 알고 있다. 그들이 결코 죽으러 온 것은 아니라는 것을. 건강에 좋을 거라는 생각에, 천천히 가면 괜찮을 거라는 생각으로 온 것 또한 너무나 잘 안다. 다만 그 안일함이 안타까울 뿐이다.


물론 산은 누구에게나 열려 있다. 그러나 동시에 산은 결코 사람에게 관대하지만은 않다. 잘못 디딘 한 발짝으로, 지상에서는 경미한 부상으로 끝날 작은 사고가 고지대에서는 생명을 위협받을 수도 있다. 결코 산을 우습게 봐서는 안 된다. 급성 질환이 있는 사람이 산을 오른다고 하면 바짓가랑이라도 잡고 싶다. 건

강과 체력을 자신하는 사람도 가볍게는 사지가 부러지거나, 심각하면 평생 남을 상처를 뼛속 깊이 새긴 채 실려 내려간다. 산을 오르는 것은 자유지만 자신에 대한 최소한의 준비 없이 오르는 것은 막고 싶다.

물론, 아무리 조심하더라도 예상치 못하게 발생하는 사고에 대비해서 구조대가 존재한다. 도봉산의 경우 119특수구조단 산악구조대가 암벽 사고를 주로 전담하는 경찰 산악구조대, 국립공원 관리공단의 구조대와 긴밀한 협조를 구축하고 있지만 어디까지나 주 기능은 사고 이후의 대응일 뿐 철저한 예방을 대신할 수는 없다.

지상에서라면, 택시를 타고 이동할 수 있을 발목 염좌 환자를 구조하기 위해 우리는 700m 고지의 암벽 지대로 20kg의 들것을 메고 달음질한다. 비바람이 몰아쳐 헬기가 접근할 수 없을 땐 무릎이 닳을지언정 산 정상에서부터 환자를 업고 가파른 경사를 따라 환자와 나의 안전이 달린 무거운 걸음을 뗀다. 산에 오른 뒤 밤늦도록 귀가하지 않은 이를 찾아 온 산을 헤매기도 한다. 누군가의 심장이 멎었다는 소식에 내 심장이 터질 때까지 등산로를 달려 올라가지만 결국 소생시키지 못한 채 헬기를 띄워 보낼 때도 있다. 그때마다 남모르게 이를 꽉 깨물고 원통한 눈물을 삼켜야 한다.

우리는 산에 있다. 산을 사랑하고 찾아오는 사람들이 반갑다. 다만 그들이 아프지 않길, 다치지 않길 바랄 뿐이다. 그래서 우리는 늘 마주치는 등산객들에게 사계절 항상 같은 인사말을 전한다.

"조심히 내려가세요."

마음속으로 덧붙인다.

'부디.'

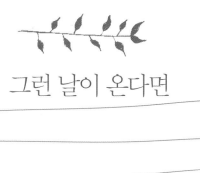

# 그런 날이 온다면

어느 겨울날의 회식 자리였다. 2차로 넘어온 횟집에서, 처음의 들뜬 분위기는 가라앉은 지 오래였고 어느새 구조대원들의 표정에는 슬픈 그리움만이 가득 흐르고 있었다.

"그렇게…… 가버릴 줄은 몰랐지."

"나는 아직도 실감이 안 난다. 정말."

"도저히 형수랑 애들 볼 낯이 없어서……."

고참들이 말없이 소주잔을 들이켰다.


2010년 12월, 겨울바람이 점점 더 차가워지던 날. 나는 소방학교를 수료하고 첫 근무지인 광진소방서 119구조대로 발령받았다. 그리고 그 며칠 전 수료식을 준비하던 교육생들에게는 현장에서 일어난 비극적인 소식이 전해졌었다.

어느 겨울날 아침 유난히 거세던 바람을 뚫고 한강에 떠내려가는 변사체를 수습하기 위해 출동했던 광진 수난구조대 소속의 보트 한 척이 거센 너울과 암초에 걸려 전복되었고, 구조대원 다섯 명이 보트에 탑승한 채 강물 아래로 가라앉았다고. 그중 세 명은 간신히 탈출에 성공했으나, 키를 잡고 있던 선박항해사 자격의 기관요원과 현장을 지휘하던 구조대 부대장님은 끝내 차가운 강바닥에서 시신으로 발견되었다고.

발령받기 직전까지도 당시의 사고는 나에게 있어 그저 막연한 안타까움일 뿐이었지만, 처음으로 발을 내딛은 광진소방서에서 나는 구조대 선배들의 슬픈 눈빛과 깊은 한탄을 늘 마주해야 했다. 동료의 부재를 넘어 또다시 현장으로 달려가야 하는 날들 속에 구조대원들은 감정의 동요를 드러내지 않으려 애썼지만, 종종 회식 자리에서 내뱉던 울음 같던 그리움과 원망과 후회 속에서 이 세상에 없는 이들은 여전히 곁에 살아 함께 숨 쉬고 있었다.

그리고 이후 매년 찾아갔던 국립 현충원 추모식에서 늘 젊음 가득한 미소의 영정 사진 속 동료와는 달리 아직도 너무 어리기만 한 그의 아이들은 해가 갈수록 자라나고 있었고 그 모습을 바라보는 구조대원들은 안타깝고 쓰린 가슴을 달랠 길이 없어 그저 힘겨워했다.

수많은 계절이 반복되는 동안, 많은 시간과 장소를 공유하며 신뢰와 젊음을 나누던 이들을 먼저 떠나보낸 동료들의 가슴엔 평생 감싸 안고 가야할 만큼 깊고 참담한 상처가 선명히 새겨져 있었다.

그 모든 사고들은, 대원들의 어깨 위에 놓인 소방 본연의 업무를 수행함에 있어 갑작스레 발생한 예측 불가한 사고였다. 어떤 위험 상황에도 대처할 수 있는 전문 교육과 훈련 그리고 현장에서 체득한 노하우까지. 그 모든 준비가 되어 있는 소방관들로서도 막아낼 수 없었던, 다만 불가항력적인 사고였다.

승진 시험 출제용으로 사용되는 화재 진압과 인명 구조 이론 교재에는 이런 내용이 실려 있다.

"무너질 것 같은 건물에는 들어가지 마라. 위험한 상황이라 판단되면 진입하지 마라. 바닥이 붕괴할 것 같으면······."

또한, 이런 문단도 실려 있다. "현장 활동 중 어떠한 상황에서도 인명 구조를 최우선으로 실시하라."

개인적으로, 가장 존경하는 작가 선생님이 소방관에 대해 다룬 소설에서 사용한 표현 중 잊을 수 없던 한 문장이 있다.

"하나 마나 한 소리."

하나 마나 하지만 안 할 수는 없으며, 몇 번이라도 반드시 강조해야만 하는 가장 중요한 문제. 소방관의 안전사고 방지.

굳이 그토록 강조하지 않더라도 우리는 늘 서로의 안전을 점검하며 다짐한다. 우리가 평생 구해낼 수 있는 이는 단 한 명이 아니라고. 내가 평생 구할 수 있을지 모르는 수많은 생명을 뒤로한 채 나의 안전을 등한시하는 것은, 평생 공직의 소방대원으로 살아가기로 맹세한 자로서 가장 큰 의무를 저버리는 것이라고.

막아낼 수 있는 사고는 막아내야만 한다. 지켜낼 수 있는 생명은 반드시 지켜내야 한다. 단 한 명의 국민이라도 사랑하는 사람들 곁에 남아 자신의 일상 속에서 온전히 자신의 행복한 삶을 영위해나갈 수 있도록, 모든 방법을 다해 오늘날 우리가 살아가는 이 사회에 슬픔과 비극이 다가오지 못하도록 밀어내야 한다.

그러나 그 과정 속에도 막을 수 없는 사고는 분명히 발생하기 마련이었다. 눈앞의 격렬한 화재에 휩싸인 건축물이 붕괴할 가능성이 있을지라도 저 흔들리는 벽 너머로 도움의 손길을 간절히 기다리는 요구조자가 있다면, 살려달라는 간절하고도 절박한 외침이 들린다면 일말의 망설임 없이 뛰어들 수밖에 없는 우리는 소방관이다.

그토록 맹목적인 존재의 이유를 지녔기에, 이 차갑고 냉정한 현대 사회에서 이타심에 기초한 소방관의 순직 사고 소식이 많은 국민의 눈물 어린 위로를 받는 것이라고 나는 생각한다. 그러나 소방관들이 희생될 때마다 열악한 소방 현실은 단 며칠 주목

받을 뿐 근본적인 문제 해결은 이루어지지 않고 있다. 우리들은 쓴웃음을 지으며 말한다. 얼마나 더 많은 소방관들이 피를 흘려야 하는 걸까. 순직 사고 소식이 이어질 때마다 여러 언론과 여론은 우리를 동정하며 처우를 개선해야 한다는 목소리를 높여대지만, 정작 우리들은 그로 인해 일어날 변화에 큰 기대를 하지 않는다. 어디 한두 번이었던가. 일주일이 지나면 또 언제 그랬냐는 듯 관심은 가라앉기 마련이다. 다만 순직한 이가 얼굴도 이름도 모르는 타 지역 소속의 소방관일지라도, 전국에서 자신의 관할 구역을 지키고 있는 소방관들은 다만 묵묵히 그 희생 앞에 깊이 고개 숙여 명복을 빌 뿐이다. 열악한 상황 속에서도 최선을 다해온 우리의 동료를 위해, 그리고 슬픔을 떨치지 못한 채 살아갈 그 가족을 위해 기도를 올릴 뿐이다.

그러나 소방관은 위험한 직업이라는 인식이 팽배한 이 사회에서, 나는 기본적으로 그 주장에 동의하지 않는다.

나는 주위에서 나의 직업이 위험해 걱정이라 말하는 이들에게 흔히 이야기하곤 한다.

교통사고뿐 아니라 화재와 추락, 붕괴 그 밖의 모든 순간에 일어나는 너무도 다양한 사고로 인해 사망하는 이들, 우리가 달려가는 그날 그 장소마다 스러지는 인명의 수는 헤아릴 수 없을 만큼 많다. 국민들은 다만 자신에게, 자신의 가까운 이에게 직접 일어나는 사고들이 아니기 때문에 전혀 실감하지 못하고 있을 뿐이다. 뉴스를 통해서가 아니면 사고 소식을 접하는 것조차 어렵기에 짐작조차 하지 못하고 있을 뿐이다.

그러나 우리 소방관들은 잘 알고 있다. 사회에 별다른 크고 자극적인 이슈가 없을 때에만, 언론에서 소방서에 잠시 카메라를 돌리는 것일 뿐 평소에 일어나는 상상 이상의 많은 사고들은 일일이 사회에 알려지고 있지 않음을. 그리고 결코 그럴 수 없을 정도로, 너무도 많은 사고들이 늘 우리 곁에서 일어나고 있음을.


소방관으로 살아가는 것이, 불길이 치솟는 화재 현장이나 아찔한 고지대의 절벽으로 출동하는 것이 두렵지 않느냐고 묻는 이들에게 나는 말한다. 그 모든 사고 현장에 우리 소방관들은 가능한 한 모든 최선의 준비를 갖추고 달려간다고. 위험 가득한 현장 속 생명을 위협하는 많은 요인에 대해 집중적인 교육과 훈련을 받고, 선배에게 지도를 받거나 스스로 체득한 많은 노하우를 축적한 채 가능하면 개인에게 필요한 모든 안전 대책을 갖추고 출동한다고. 동료들과 함께 서로 밀어주고 당겨주며 등과 등을 마주 기댄 채, 짙은 두려움에 앞서 오직 단 하나만을 바라보며 다가간다고.

저 불길 속에는, 위험에 처한 사람이 있다.

저 무너지는 현장에는 나의 도움을 필요로 하는 이가 있다.

오로지 살고자 하는, 생을 향한 갈망. 그토록 순수한 단 하나의 바람으로 우리의 손길만을 간절히 기다리는 이가 있다.

세상 그 어떤 귀중함보다도 앞서는 최우선의 가치, 사람의 생명.


다만 그 모든 사고의 현장에서 소중한 생명을 지켜내고 구해내려 애쓰는 날들 속에서 분명, 소방관 역시 결코 예측할 수 없는 위험에 노출되는 순간도 존재하기 마련이다.

하지만 가슴속 깊은 곳에 지울 수 없는 상처가 하나씩 늘어나는 것은 아마도, 내가 너무나 잘 알고 있기 때문이다.

내 젊음을 다해 아비규환의 구조 현장에서 달리는 동안, 가장 가까운 곳에서 수많은 생명이 스러지는 것을 지켜봐야만 했던 시간 속에 분명한 사실 하나를 깨달았기 때문이다.

모든 국민이 차량 내 전 좌석에서 안전벨트를 당연히 착용하는 날이 온다면, 조금만 안전에 대한 경각심을 가지고 일상 속의 방화문과 대피 경로를 자연스럽게 숙지하는 날이 온다면. 화재나 교통사고로 인한 수많은 사망자 중 많은 이들이 이 세상 자신의 일상에, 사랑하는 가족 곁에 온전히 남을 수 있으리라는 것을.

참담한 산업 재해의 현장에서, 공사를 주관하는 대기업이 열악한 하청업체를 대신해 최일선에서 땀 흘리는 모든 노동자의 안전에 최대한 관심을 기울이고 지원과 대책을 아끼지 않을 수 있다면. 가장을 잃어버린 많은 가정의 슬픔과 비극을 막아낼 수 있었으리라는 것을.

이 나라의 행정부와 지방자치단체 그리고 입법부가, 장비를 닳도록 벼리고 닦으며 오직 국민의 생명을 지키기 위해 달려갈 태세를 갖추는 소방관들이 언제라도 최대한의 속도로 위험에 처한 국민 곁으로 달려갈 수 있도록 충분한 인력과 장비 그 모든 준비를 하는 것을 최우선적인 당면 과제로 판단하는 날이 온다면. 낡은 소방차와 구조 헬기를 제때 교체하고 돌려 입는 방화복과 녹아내리는 면장갑 대신 개인 보호 장비를 충분히 지급할 수 있도록 소방본부에 예산과 권한을 줄 수 있는 그런 날이 온다면.

지켜내고 구해낼 수 있는 소중한 생명이, 이 세상의 비극적인 슬픔을 막아낼 수 있는 날들이 지금보다 더욱더 늘어나리라는 것을. 오직 구조 하나밖에 생각하지 않는 소방관들의 희생 역시 줄어들 수 있으리라는 것을.

우리는 슈퍼 히어로가 아니다. 다만 사람에게 다가가는 사람으로서의 임무와 사명을 지녔을 뿐이다. 소방관의 순직 소식이 전해질 때, 열악한 근무 환경을 이유로 우리를 동정할 필요는 없다. 언론 역시 우리의 봉사와 희생을 강조할 필요도 없다. 그것은 단지 소방관의 존재 이유일 뿐이다.

다만 국민들이 자기 자신의 안전에 대해 보다 더 관심을 가지기를. 소방서의 인력과 장비가 부족하고 소방관이 국가직이 아닌 지방자치단체의 소속인 상황에서 작은 불편이나 경미한 부상으로 소방관들을 부른 그 순간에,

나와 내 가족에게 정말 위급한 상황이 닥쳤을 때 그들을 불렀다면 소방관들이 얼마나 더 빨리, 얼마나 더 많은 준비를 하고 신속하게 다가올 수 있을지 한 번 더 생각해보기를.

오직 하나만을 생각하는 소방관들이 소방의 현실을 개선할 필요성에 대해 스스로 이야기한다면, 그것은 우리의 불편 때문이 아니라 오직 국민의 안전을 위한 일임을 이해하는 날이 오리라 나는 믿는다. 언젠가는 반드시 찾아올 그날을 믿고 기다리며 다만 주어진 임무에 최선을 다할 뿐이다.


문득 옆자리에 있던 선배가 소주잔을 들이키고 내게 말했다.

"그러니까 막내야, 늘 조심해라. 조심하고 또 조심해."

"네. 선배님."

"우리가 '항상 안전하십시오.' 하고 인사하는 게. 그게 정말 그냥 하는 게 아니다…… 잊지 마라."

"네. 명심하겠습니다."


우리는 늘 어려움 속에서 막아낼 수 없었던 비극에 아파해야만 한다 해도, 동료의 순직 소식에 절망해야 한다 해도 단 하루도 주어진 임무를 등한시할 수 없다.

대한민국 소방관들은 지금 이 순간에도 그저 묵묵히 위험에 처한 누군가에게 달려가고 있다.

우리는 늘 서로의 안전을 점검하며 다짐한다.
우리가 평생 구해낼 수 있는 이는 단 한 명이 아니라고.
내가 평생 구할 수 있을지 모르는 수많은 생명을 뒤로한 채
나의 안전을 등한시하는 것은, 평생 공직의 소방대원으로
살아가기로 맹세한 자로서
가장 큰 의무를 저버리는 것이라고.

# 결국 무엇 하나
# 달라진 것은 없었다

내부순환로에서 내려와 강변북로로 이어지는 길 위에서 예상치 못한 눈보라를 맞닥뜨렸다. 꼬리를 물고 이어지는 차량 정체를 넘어 어렵게 도착한 국립 현충원에는 한가득 눈이 쌓여 있었고 원내 제설 작업을 위해 차량 출입을 통제하는 통에 주차장에서부터 눈길을 달려 올라가 간신히 막바지에 이른 추모식에 참석할 수 있었다. 유난히 추웠던 12월 3일, 5년 전 순직한 선배 구조대원들에게 나는 늦어 죄송하다는 인사를 올렸다.

그리고 그날 저녁 습관처럼 인터넷 포털 뉴스를 보았을 때 나는 슬픔과 안타까움 그리고 분노와 절망을 동시에 느껴야 했다.

"서해대교 와이어 화재 진압 중 소방관 1명 순직, 2명 부상."

가까운 경기도에서 또 한 번의 비극이 일어나고야 말았다. 입술을 깨물며 사고 경위를 살피던 나는 바로 아래에 떠 있는 또 다른 뉴스를 보고, 얼음장 같았던 오늘의 날씨보다 더한 냉기가 심장에 스며드는 것을 느꼈다.

"입 모아 소방 예산 늘리자더니…… 일방적 삭감"

특수소방 장비 보강, 소방 헬기 보강을 위해 여야가 합의했다던 예산은 내년 예산안에서 모두 사라지고 특수구조대 장비 예산도 절반으로 줄어들었다. 그리고 여야 핵심 의원들의 지역구 예산은 당초 정부 안보다 비교할 수 없을 정도로 많이 늘었다. 여당 부총리 출신의 지역구에는 29억 원, 최고위원은 34억 원, 야당 원내대표 지역구엔 10억 원,

예결위 간사는 2억 원.

그날 나는 혼자 많이 취했다. 허망한 웃음이 터졌다가 또 눈물이 흐르고, 수시로 욕설을 내뱉으며 밤을 지새웠다.

결국 어느 하나도 달라진 것은 없었다.


순직과 부상.

하루에도 몇 번씩, 쉴 새 없이 환자를 업고 들어 내리는 구급대원들은 대부분 허리 통증을 호소하며 디스크를 판정받고 치료하는 것이 너무도 익숙한 일이다. 격렬한 화재 현장에서 화마와 맞서 싸우고, 위험성이 늘 있는 사고 현장에서 인명 구조 작업을 하다 보면 우리 소방관들은 너무나 많은 위험에 노출되지만 공무상 다치더라도 자비로 치료를 받는 경우가 다반사다. 긴급 출동 과정에서 교통사고가 나면 줄 세우기식 소방서 성과 평가에 감점 사항이 되기에 대원들끼리 수리비를 부담하기도 한다.

문득 주황색 제복을 입고, 피켓을 든 채 시청 앞 광장으로 나가 소방관 국가직 전환을 요구하는 시위를 했던 날이 떠올랐다. 해가 바뀌고 또 많은 시간이 흘렀지만, 다 부질없는 일이었다.

뉴스에는 여러 수치와 자극적인 자료들이 이어졌다. 국가인권위원회가 조사한 소방공무원의 인권 실태 결과는 참혹했다. 전국 소방공무원 21%가 참여한 가운데 절반 가까이 되는 사람이 수면 장애를 앓고 있다고. 다섯 명 중 한 명은 우울증이나 불안 장애를 앓고 있었다. 공황 장애를 얻어 정상적인 생활이 어려운 사람도 있었다. 외상 후 스트레스 장애 발병률은 일반인보다 무려 10배나 높았다. 자살을 심각하게 고민하는 사람도 7%가량 되었다. 말은 하지 않았지만 순직하는 사람보다 자살하는 사람이 더 많다는 충격적인 내용도 덧붙어 있었다.

누군가를 구해내고 지켜내려 애쓰는 소방관들이, 정작 자기 자신은 지켜내지 못하고 있었다.

그럼에도 우리는 언제나 묵묵히 일했다. 주어진 임무에 최선을 다했다. 마땅히 준비되어야 할 것들이 주어지지 않는 상황에서도 국민의 생명을 지킨다는 자부심 하나로 땀 흘려 일했다. 하지만 여전히, 달라진 것은 없었다. 사고가 있을 때마다 언론에서 강조하는 것도 잠시뿐, 개선책은 너무나 더디기만 하다. 사람들도 세상도 당장 보이지 않는 것은 너무나 빨리 잊어버린다.

소방관이 되고 싶었던 어린 시절의 마음을 떠올린다. 감당할 수 없는 위험에 처한 사람들에게 가장 먼저 다가가 손 내밀어 주는 사람. 그 든든하던 뒷모습이 아직도 선명하다. 그렇게 살 수만 있다면 내 삶도 충분히 가치 있을 거라고 생각했다. 그 믿음 하나로 지금 이 순간에도 최선을 다해 달리고 있다. 하지만 그 달음질 끝에서, 절망해야 하는 순간도 나날이 늘어가고 있었다.

구급대원에게 욕설을 내뱉는 사람을 마주할 때, 소방관

은 심부름 센터가 아님을 설명해야 할 때, 목숨 걸고 현장
으로 나가면서도 충분한 장비와 인력을 지원받지 못할 때,
수시로 발생하는 소방관의 부상과 순직 소식이 들려올 때.

나는 생각한다.

언제쯤 달라질 수 있을까. 달라지는 날이 과연 오는 걸까.

열악한 처우를 동정해달라는 것이 아니다. 다만 소방관
의 열악한 환경은 곧 국민 자신의 안전과 직결된다는 것만
알아주길 간절히 바랄 뿐이다.


소방관.

많은 이들이 우리를 영웅이라 부르지만, 대한민국에서
가장 많은 동정을 받고 있는 직업이란 사실은 변하지 않는
다. 우리를 영웅이라 불러주지 않아도 좋다. 동정할 필요
도 없다. 다만 우리가 우리의 사명, 한 사람이라도 더 구해
내고 지켜내는 그 본연의 임무에 충실할 수 있기를 간절히
바랄 뿐이다.

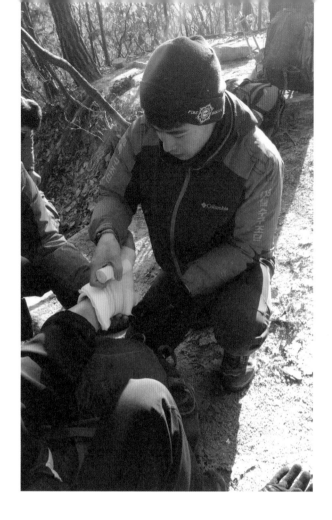

소방관이 되고 싶었던 어린 시절의 마음을 떠올린다.
감당할 수 없는 위험에 처한 사람들에게
가장 먼저 다가가 손 내밀어 주는 사람.
그 든든하던 뒷모습이 아직도 선명하다.
그렇게 살 수만 있다면
내 삶도 충분히 가치 있을 거라고 생각했다.
그 믿음 하나로 지금 이 순간에도
최선을 다해 달리고 있다.

# 지쳐가는 발걸음과
# 희미한 불빛의 끝에서도

산은 아름다웠다.

사람들의 발길이 닿지 않는 수락산 깊은 곳, 각각의 가을 색으로 치장한 낙엽들이 마치 비처럼 흩어져 내리고 있었다.

나는, 분명 지쳐 있었다.

무거운 다리를 잠시 멈추고 자욱한 안개를 깊이 들이마셨다.

어디에 계십니까. 이런 풍경 속에 대체 어디를 헤매고 계십니까…….

수락산 수색 2일차, 병든 한 노인의 낡은 전화기는 구조대원들에게 마지막 목소리를 남긴 채 꺼져버린 지 오래였다.


여느 날과 다름없는 늦가을의 월요일 아침. 또 하루 일과를 시작하며 분주히 움직이던 산악구조대 사무실에 출동 벨 소리가 울려 퍼졌다.

신고자는 50대의 며느리였다. 연로한 시아버지가 평소 새벽 5시만 되면 아파트 뒤에 있는 수락산을 오르는데, 내려올 시간이 한참 지났다는 것. 전화 연결은 되지만 치매 증세가 있는 노인은 자신의 위치를 설명하지 못한다는 것. 신고자와 다시 한 번 통화한 바, 노인은 또 다른 장애도 앓고 있었다. 파킨슨 병.

걸음걸이가 정상적이지 못하므로 고지대에 있지는 않을 거다. 우리는 결론을 내리고 아파트 뒤편 등산로를 수색하기 시작했다.

신고자의 설명처럼 전화로 노인과 의사소통하기란 불가능했다. 그 어떤 질문에도 "네", "응" 따위의 불분명한 단음절 대답만이 돌아올 뿐. 우리는 한 시간째 아파트 뒤편의 소로길, 그리고 길로 보일 법한 모든 구석들을 소리치며 수색해 들어가고 있었다.

그러나 다시 한 번 신고자에게 확인하자 심각한 오류가 발견 되었다. 며느리는 시아버지가 어느 길로 산에 다니는지 모르고 있었다. 단지 매일 수락산을 오른다는 것과, 아파트 단지 바로 뒤에 산으로 난 길이 있다는 사실만 알 뿐. 노인이 그 길로 다닌 다는 것을 확인한 이는 없었다. 산악구조대 팀장님의 미간에 주 름이 잡혔다.

"상황실, 여기 산악구조대. 추가 출동이 필요할 듯합니다. 신 고자가 요구조자의 행로를 정확히 모르고 있는 상태. 일대 등산 로 시작점을 전부 처음부터 훑어야 할 것 같아요."

"산악구조대 여기 상황실, 알겠다. 특수구조대와 노원구조대

추가 출동."

그다음으로 가까운 등산로는 대표적인 수락산 입산 경로인 수락골이다. 전형적인 가든 형식의 음식점들이 즐비하고, 수락산의 큰 절들 중 하나인 염불사가 자리하고 있어 유동 인구가 많은 만큼 수많은 입산 소로들이 존재한다. 그 막연함에 모골이 송연해진다.

염불사 주차장에 차량을 세워놓고 수색을 재개했다. 수락골의 등산로는 정상을 향해 길게 이어진 계곡을 거슬러 올라간다. 그 길을 따라 녹색 천막을 펼친 채 두부김치, 두루치기, 도토리묵 등 막걸리와 안줏거리를 주로 파는 노점들이 줄지어 있어 항상 중장년층 등산객들로 북적댄다. 하지만 구조 활동에 도움이 될 만한 정보를 주는 경우는 거의 없었다.

우리 산악구조대는 2개조로 나뉘어 계곡 건너의 언덕 방향으로 수색해 들어가기 시작했다.

추가 출동한 특수구조대가 계곡을 따라 정상 방향, 또 다른 주요 등산로인 노원골 방향은 노원소방서 119구조대.

수색은 더디게 진행되었다.

등산로. 인간이 붙여놓은 그 이름은 넓고 깊은 산중에서 인간이 주로 드나드는 방향들을 엮어놓은 잘 닦인 하나의 이름에 불과할 뿐, 사물의 인식이 명확지 못한 노인이 발걸음을 들일만 한 나무들의 틈은 셀 수 없이 많고 깊었다.

"어르신! 할아버지!"

"119구조대입니다!"

각 방향으로 흩어져 울리는 수많은 구조대원들의 성량에도 포위되지 않은 수락산은 깊은 침묵만을 유지하고 있었다.

시간이 경과할수록 수색은 더딘 듯 빠르게 훑어나가면서 또한 그 반대로도 느껴졌다.

노인의 안전을 확보한 채 하산할 때까진 수색의 속도라는 것은 불분명한 영역에 대한 무의미한 숫자 셈에 불과했다. 만 갈래의 나무 틈 사이로 닿지 못하는 외침을 계속하며 한 걸음씩 나아갈수록 그 한 걸음만큼 더욱 가늠할 수 없는 수색 범위를 실감하고 점차 막연해지지만 혹여 노인이 지나쳤을지도 모를 그 미상의 방향을 향한 발걸음을 멈출 수는 없었다.


나무들의 그림자가 동쪽으로 방향을 틀었다. 구조대원들의 마음에도 조급함이 자리를 넓혀간다.

인근 불암산에 발생한 실족 환자 이송을 마친 소방항공대 헬기가 수색에 합류했다.

두두두두-

창공을 가로지르는 익숙한 회전익 소리가 가까워졌다가 멀어지고 다시 접근한다. 수차례의 저공비행을 반복하지만 항공대의 높은 시야 역시 넓은 산중의 특정되지 않은 모든 범위를 대상으로 하기에는 한계가 있었다. 결국 모든 가용 연료를 소진한 채 마지막 무전을 끝으로 쓸쓸히 본대를 향해 멀어져가는 헬기의 뒷모습에서 눈을 떼기가 쉽지 않다. 다시금 어금니를 깨문다.

길이 나 있지 않은 위쪽 능선을 살피던 수색조에서, 홀로 누워 있는 노인을 발견했다는 무전에 모든 대원들이 일시 환호했다. 하지만 곧 대원이 가까이 접근하자 저 멀리 뛰어 도망쳤다는 소식에 황망해 하며 신고자에게 혹여 파킨슨병에 걸린 노인이 빠르게 달릴 수 있냐고 물어봐야만 했다. 한 걸음의 보폭이 30cm가 채 안 된다는 노인과, 아무런 정보도 전달할 수 없는 그의 낡은 전화기는 여전히 우리에게 작은 단서 하나조차 제공하지 못하고 있었다. 우리는 다시 나무들의 끝없는 틈 사이를 끊임없이 쑤셔대고 소리치며 걸어갈 뿐이다.


초겨울에 가까운 계절, 해가 넘어가려면 이제 한 시간이 채 남지 않았다. 다시 등산로 시작점으로 모여 수색 회의를 실시하는 중에 노인의 가족들이 하나둘씩 수락산에 도착했다.

양복을 입은 아들은 50대로 보인다. 회사 일을 미뤄두고 달려온 듯한 그의 눈에는 두려움만이 가득하다. 그 아들의 고등학생쯤으로 보이는 딸들도 현장으로 달려왔다. 꼭 우리 할아버지를 찾아달라며 눈물을 글썽인다.

지친 다리에 다시금 힘이 들어간다. 괜찮으실 거라고, 꼭 찾아오겠다고 말했다.

대원들의 만류에도 가족들마저 수색에 동참한다.

"할아버지, 할아버지"를 외치는 손녀의 높고 가느다란 목소리에도 수락산 깊은 곳을 헤매는 노인은 여전히 응답이 없다. 나는 그 모습을 스쳐 지나가며 가평 깊숙한 산중의 요양원에 모신 나의 연로한 외할머니를 떠올렸다.

어렴풋한 나의 유년의 기억 속에서, 어머니의 무릎만 한 시야의 작고 어린 나는 지하철을 타고 당시 노량진에 위치했던 외가 댁에 놀러 가는 길의 설렘을 매우 좋아했고, 그때마다 항상 하얀 쌀밥알이 가득한 숟가락 위에 맨손으로 발라 올려주시던 고등 어의 검은 등살의 그 따뜻함으로 나의 외할머니를 기억한다.

찾아뵙는 명절마다 불편한 다리로 굳이 요양원 대문까지 따라나서 내 손을 잡는 외할머니의 그 작고 늙은 손과 흐르는 세월 속에 점점 더 굽어가는 허리와 내 유년의 기억 속 고등어 등살의 따뜻함을 떠올리다 문득, 이 시간 수락산 깊은 곳 미지의 장소에 움츠러든 그 노인이 나의 할아버지가 아니며, 눈물로 산을 향해 조부를 부르짖는 소녀가 이 시간 요양원의 따뜻한 보일러 온기를 쬐고 계실 나의 외할머니의 손녀가 아니라는, 그 냉정한 생물학적 구획과 잔인한 안도감에 숨이 막혀왔다.


어디에 계십니까. 대체 어디에 계신가요.

지상보다 빠르게 지는 석양이 하늘을 물들이기가 무섭게 산 중은 짙은 어둠에 깊숙이 점령당했다. 우리는 낡고 미약한 헤드 랜턴을 이리저리 휘저으며 저항해보지만 결국 철저하게 제한된 시계視界에 갇힌 채 숲 속의 지표 없는 목적지를 가만히 노려볼 뿐, 지쳐가는 발걸음과 희미한 불빛의 끝에서도 노인의 종적은 좀처럼 드러나지 않는다.

사각 사각 사각.

빛과 색이 사라진 야간의 숲 속에는 원천을 짐작하기 힘든 수 많은 소리들이 그 자리를 대신 채운다. 태양의 시간 동안 산을 지나는 인간의 발걸음에 숨죽인 채 자세를 낮추었던 짐승들일 까. 노랗고 붉은빛으로 한껏 피어났던 단풍도 일찍이 기력을 소 비해버린 나무들부터 그 색을 바래어버린 채 공기의 흐름에 하 나둘 떨어져 내리며 소리를 남긴다. 오감을 곤두세운 채 미약한 불빛에 기대어 사방을 향해 좁은 시야를 돌려보지만, 높게 기립해 있는 나무들의 그림자 틈새로 더 이상 따뜻했던 햇볕의 흔적은 찾을 수 없다.

노인은 온종일 아무것도 먹지 못했다. 노인의 옷가지가 얼마나 체온을 지켜줄 수 있을지 알 수 없다. 시간이 지날수록 점점 더 노인의 안전을 장담할 수 없다. 나의 조급함을 태워 나의 시력과 청력, 한 걸음이라도 더 내딛을 수 있는 체력으로 바꿀 수는 없는 것일까. 목에 걸린 무전기 너머로 간간이 들려오던 타대의 수색 과정 소식도 점차 드물어진다. 새벽이 깊어갈수록 지쳐가는 대원들의 모습이 어둠 속에 그려지는 듯 무전기의 그 사소한 무게마저도 버겁게 느껴진다.

소방력뿐 아니라 경찰 기동대, 군 장병들까지 수백 명이 수락산 깊숙한 곳까지 흩어져 있었지만 등산로를 벗어나는 그 즉시 깊고 넓어지는 숲의 모습은 더 이상 철저하게 인간의 영역이 아

님을 증명하는 듯 수색대원들의 가슴에 암담함만을 안겨주고
있었다. 그 암담함과 밀려드는 피로를 떨쳐내고 외로움과 추위
에 떨고 있을 노인과 산 아래 구조 지휘 차량에서 뜬눈으로 밤
을 지새우는 노인의 가족들만을 떠올리며 끊임없는 수색의 발
걸음을 옮기던 새벽녘, 점차 밝아오는 시야에 희미한 백색의 안
개가 서리기 시작한다. 거칠어진 얼굴에도 차가운 습기가 내려
앉는다. 비 소식이 있었던가. 깊은 밤 산중의 추위에 노출된 80
대의 병든 노인이 빗줄기에 젖어버린다면. 가슴이 더욱 다급해
진다. 의미 없는 망상을 계속한다. 지친 다리 대신 다급한 가슴
으로 걸음을 걸을 수 있다면. 흐려지는 눈 대신 초조한 마음으로
이 산에서 노인의 자취를 발견할 수 있다면.


음습한 안개비를 뚫고 찾아드는 수락산의 희미한 새벽빛에
약초꾼들을 하나둘 마주친다. 노인의 사진이 인쇄된 전단지를

하나씩 들고 있다. 등산로 밑에서 노인의 가족들 역시 간절한 마음으로 최선을 다하고 있는 것이다. 드문드문 마주치는 등산객들이 전단지에 그려진 노인의 모습에 고개를 내젓지만 발견 즉시 신고해주길 다시 한 번 당부한다.

지친 발걸음을 잠시 멈추고 주위를 둘러보면 단풍의 끝자락에 매달린 마지막 가을 색이 고요한 숲 속 안개 빛에 맞물려 어제보다도 더욱 서글퍼 보인다.

'이런 풍경 속에 대체 어디를…… 헤매고 계십니까.'


나는, 분명 지쳐 있었다.

흐린 하늘의 보이지 않는 뒤에서도 어느덧 해는 서쪽으로 기울기 시작한 모양이었다. 깊어가는 오후까지도 안개가 쉬이 걷히지 않는 가운데 서쪽 등산로가 펼쳐진 능선 아래, 시야가 닿지 않는 깊은 수풀 속을 한참 더듬어나가다 큰 바위 아래 구겨진 막걸리 병과 쓰레기들이 널브러져 있는 것을 보았다. 깊숙한 숲 속에서도 사람의 흔적은 흔히 발견된다. 몇 년이 지났는지 모를 빛바랜 커피 믹스 봉지들과 간혹, 일대 나무 위를 다시 돌아보게 만드는 신발 한 짝이라든지. 그 바위를 모로 돌아 나가는데 조각조각 찢긴 채 버려진 종이들을 발견했다. 혹여, 누군가 훼손한 전단지인가 싶어 주저앉아 뒤적거렸다. 편지였다. 정성 들여 눌러쓴 글씨에 사랑하는 당신, 그리움, 두려움 따위의 글자들이 찢겨져 흩뿌려진 채 간밤의 빗방울에 번져 있었다.

그 옆에는 비운 지 오래지 않은 듯한 소주병 하나가 굴러다니고 있다. 산속에서 도움의 손길을 기다리고 있을 노인과 그의 발견을 애달프게 기다리는 노인의 가족들과, 온 산중을 헤매는 지친 구조대원들과는 또 다른 사연을 담은 누군가의 간절한 마음이 지난밤 수락산 깊은 숲 속 바위 아래서 조각난 모양이었다. 그 누군가의 상처와 노인의 가족들의 기다림과 그 모든 것들의 현재 진행형인 구조대원들의 지친 방향성으로 가득한 시간은 어김없이 흐르고 또다시, 하루의 해가 저만치 저물어간다.

수락산. 익숙하다고 믿었던 그 산은 수백 명의 수천수만의 발걸음에도 메워지지 않았고, 나의 작은 시야에서도 결국 노인은 발견되지 않았다. 떨리는 눈꺼풀을 들어 산 아래로 힘겹게 발걸음을 돌렸다. 이 이상은 무리라고, 다급함으로 버텨온 나의 몸은 최후의 기력까지 온전히 소진한 채 마지막 통첩을 내린다.

저 멀리 교대조가 우리를 기다리고 있다. 노인의 늙은 반려자는 밤새 낡아버린 우리를 발견하고는 다시 눈물을 흘린다. 무겁게 고개를 돌려 교대조에게 눈빛으로 부탁한다. 제발 노인을 찾아달라고. 부디 이 한 가족의 늙고 어린 눈물들을 닦아주라고. 동료가 굳은 표정으로 고개를 끄덕인다.

우리 팀원들은 34시간의 근무 시간 중 대부분을 수락산에서 보냈음에도 쉽게 떨어지지 않는 발걸음을 옮겨 말없이 각자의 집으로 향했다. 오늘 밤이 고비일 것이다. 내일 다시 수락산으로 출근하게 된다면 아마, 그때는 너무 늦었을 것이다.

부디, 살아서 돌아오라. 부디 살려서 돌아오라.

수락산. 마음속 깊은 곳을 울리는 간절함을 남긴 채 힘겹게 기어 들어간 꿈속에서 나는 짙은 안개 속 수만 갈래 나무들의 틈을 하염없이 바라보고만 있었다.

# 차고에 홀로 서서

새벽 4시 20분, 구급 출동 벨 소리가 울렸다.

사무실에서 상황 근무를 서고 있던 나는 지령을 확인하고 서

둘러 달려 나갔다.

80대 여성, 심정지 추정. 호흡 없음. 신고자는 가족.

"성북 오토바이 구급대 출동."

짧게 무전을 날리고 주황색 헬멧을 눌러쓴다. 경광등을 켠 채

미끄러지듯 차고를 빠져나갔다. 새벽녘 질주하는 차량들을 사이렌으로 견제하며 속도를 올려보지만, 강북구 소재의 아파트까지는 3킬로미터. 인접한 구급차 두 대가 먼저 현장에 도착했다는 무전이 차례로 들린다. 입술을 깨물고 현장의 아파트로 달려 올라갔을 때 힘없이 돌아 나오는 구급대원과 마주쳤다. 그는 고개를 저으며 말했다.

"강직이 왔어요. 보호자에게 설명 중입니다."

안방에서는 중년 여성의 울음소리와 안타깝게 상황을 설명하는 구급대원의 목소리가 흘러나온다. 방 문틀 너머로 차갑게 누운 채 굳어 있는 한 노인의 그림자를 잠시 바라보다, 몸을 돌렸다. 너무 늦었구나. 오늘도, 살릴 수 없었구나.

소방서로 돌아오는 길, 새벽 공기가 새삼 차갑게 목덜미를 스친다. 이틀째 도시를 적셔대던 빗줄기는 어느새 그쳐 있었다.

과속으로 신호를 위반하는 차량에게 사이렌과 상향등을 올려

경고를 날렸다. 그 어떤 급한 일이 있어 저렇게까지 달려가는 걸까. 수년간 바라봐야 했던 교통사고 현장의 참담한 피해자들을 떠올리며 한숨을 쉬었다. 부디, 자신의 삶에서마저 지나치게 빨리 가버리지는 않기를.

차고에 오토바이를 넣은 뒤 터덜터덜 걸어 나오다 문득 차가운 조명 아래 거대한 소방 차량들을 돌아봤다. 새삼 정겹고 또한 새삼 슬펐다. 7년 전 처음으로 발령받았던 부산의 한 소방서 의무소방대 복무 시절이 떠올랐다. 해운대 바다를 지켜내던 어린 날들의 나는 조금은 더 희망에 차 있었을까. 조금이라도 더 낙관적이고 긍정적이었을까. 구급차를 타고 달리며 있는 힘껏 애쓰는 동안 맺힌 땀방울이, 구해내지 못한 자의 자책감이 되어 얼룩진 눈물로 흘러내리던 날들을 겪지 않았다면. 나는 조금은 더 편안할 수 있었을까. 달라질 수 있었을까.

서늘한 사무실에 홀로 앉아 구급활동일지와 운행일지를 전산에 입력하기 시작했다. 도착 전 사망 추정, 현장 구급대원에 의한 강직 소견. 한 사람의 삶을, 그 마지막 순간을 짧은 문장으로 정리하는 것은 결코 익숙해지지 않았다. 마주할수록 허무하고 또 슬픈 일이다.

지난 11월. 서울의 초임 소방공무원으로 만 5년을 넘긴 나는 소방교로 진급함과 동시에 새로운 보직으로 발령받았다. 상습적인 차량 정체와 구급 차량이 진입하기 어려운 골목길, 그리고 빈번한 비응급 출동으로 인한 근접 구급대의 부재를 메우기 위해 설치된 오토바이 구급대는 성북구와 강북구를 통틀어 한 대가 운용되고 있었다. 심정지나 중증 외상 등 응급 환자가 발생한 경우에만 출동하기에, 119구급대의 존재 그 본연의 목적에만 더욱 집중할 수 있다는 판단으로 지원했지만 2주가 지난 지금까지 아직 소생의 가능성은 만나지 못하고 있었다.

'마음처럼 될 일은 아니겠지.'

단지 간절함으로 사람을 구할 수 있다면 모든 슬픔을 막아낼 수 있었을 테니까.

답답한 마음에 사무실을 나서 차고를 거닐었다. 차가운 조명 아래 줄지어 서 있는 반가운 얼굴들.

이젠 익숙해진 구급차와 119구조대 이동 버스, 크레인이 달린 구조 공작차. 그리고 화재 현장의 선두에 서는 지휘 버스와 화재 진압 펌프차, 물탱크차. 그 뒤로는 거대한 고가 사다리차와 굴절 사다리차가 그 위용을 감추지 않고 있었다. 내가 담당하는 무게 400kg, 배기량 650cc의 구급대 오토바이가 갑자기 장난감처럼 작아진 듯했다.

가만히 서서, 소방차들을 한참 바라보았다. 성북소방서의 일원 이 된 것은 오래지 않았으나 서울뿐 아니라 전국 어딜 가도 반갑

고 익숙한 얼굴의 붉은 소방차들. 내 유년시절부터 오랜 우상이

자, 젊은 청년 시절의 모든 날을 함께 달려온 듬직한 친구들.


"친구, 친구라."

짧은 단어에서, 지난 토요일 오후의 슬픈 기억이 다시금 떠올

랐다.

오래전 나는 많은 사람들과 쉬이 친해지고 자주 어울렸었지

만, 언제부터인가 혼자 보내는 시간을 더 좋아하는 사람이 되어

가고 있었다. 4년째 쉬는 날 저녁을 투자해야 했던 야간 대학 생

활까지 더해져, 함께 근무하는 동료들이 나와는 술 한잔 나누기

가 너무 어렵다며 서운해하는 경우가 점점 잦아졌다.

2년여 전 사랑하는 이를 만나 조금 더 바빠진 것도 하나의 이

유였겠으나, 운동선수인 그녀는 늘 훈련으로 바빴고 틈틈이 챙

겨주는 것 외에는 역시 혼자 보내는 시간이 더욱 많았다. 혼자

술을 마시고 생각에 잠기거나, 커피를 마시며 글을 읽거나 쓰는 것이 나에겐 가장 큰 여유이자 휴식이었다.

많은 현장에서 마주해야 했던 누군가의 비극과 슬픔을 떠올리는 동안, 어느새 타인과의 대화와 소통으로 이어지는 시간보다 오직 스스로 감당해야만 하는 사색과 상념들이 더욱 많아졌던 것일까. 나 아닌 누군가에게 내보이기 부끄러웠던 것일까. 누구에게도 무거운 이야기를 꺼내기는 싫다, 그 누구에게도 공감받지 못할 거라는 내 지친 사색의 시간들은 결국 많은 이들과 멀어져 버린 관계를 서서히 드러내고 있었다.


지난 토요일, 나는 15년 전 중학교 시절부터 가장 가까이 어울렸던 친구에게 전화를 걸었다. 없는 번호라는 기계적인 음성 안내가 흘러나왔다. 당황한 나는 마지막으로 연락했던 적이 언제인지 떠올렸다. 3년, 4년 전? 그마저도 잘 생각나지 않았다. 그나

마 연락을 종종하던 다른 친구가 바뀐 번호를 일러주며 말했다.

"많이 서운해할 거다. 아니, 서운해한 지가 한참이야."

한숨을 쉬며 덧붙였다.

"나도 먼저 너한테 연락 안 했으면, 몇 년이나 연락이 안 됐을지 모르겠으니까."

불현듯, 생각지도 못한 거리감이 솟아났다. 낯선 느낌이었다.

내 기억 속, 내 마음속의 그 친구들은 어느 때라도 불쑥 전화를 걸면 욕을 하면서도 편하게 받아줄 만큼 가깝다고 생각했는지도 모른다. 떠올려보니, 대체 언제 일들인가 싶었다. 5년 전 서울 소방관이 되고 난 뒤 부산에 있는 친구들과 어울려 술잔을 부딪친 적이 몇 번이나 되었을까. 바쁘다는 핑계로, 하루하루 힘들고 지쳤다는 핑계로 전화 한 통 하기가 그리 힘들었을까.


외면하고 싶었던 이유가 떠올랐다.

나는, 그저 나 혼자만의 도망칠 곳을 만들어둔 것이다. 상처를 드러내고 불편한 이야기를 꺼내어 나누는 것보다, 그저 온전히 스스로 감당하고 회피하는 것이 더욱 편하다고 생각했던 것이다. 돌아보니 극히 이기적인 이유와 그보다 더 치사한 행동들이 었을지 모르겠다.

어렵게 연결된 친구의 목소리는 그저 차갑고 어색하기만 했고, 서운함이 가득 묻어나는 짧은 통화가 끝났다. 고민 끝에 보냈던 미안하다는 문자에 돌아온 답장은 나를 더욱더 슬프게 했다.

가장 친하다고 생각했던 친구였기에 단 한 번도 찾지 않을 때, 해가 갈수록 서운해지는 마음을 떠나 더 이상은 기다리지도 않게 되었다고.

서글픈 미소가 지어졌다. 정말 순수했던 시절, 그 안에서도 특히 섬세한 마음을 지닌 친구였기에 그 상처받은 마음을 나는 조금쯤 이해할 수 있었다.

쓰라린 마음으로 스스로 천천히 되물었다.

이래도 되는 걸까. 이게 맞는 걸까.


언제부터인지 조금씩, 세상을 바라보는 내 시선이 많이 차가워졌다는 것을 느끼는 날이 늘어가고 있었다. 늘 웃고 지내던 과거와는 달리 조금씩 무표정으로 보내는 시간이 이어지는 것 역시 스스로 실감하고 있었다.

항상 시간이 많이 남았다고 생각했었는데, 어느새 결혼을 하게 되었고 설렘과 행복이 충만한 만큼 걱정이 앞서는 부분도 있었다. 더 이상 혼자 참아내서는, 혼자 감당하려 해서는 안 될 것이다. 이제 혼자가 아니니까. 사랑하는 이의 작은 얼굴을 떠올렸다. 동갑내기면서도 평생 운동밖에 모르고 살아와서일까, 어린 아이와도 같은 순수함으로 가득한 이였다. 내가 지친 어깨와 슬픈 표정으로 퇴근하는 날이면, 애교와 장난으로 작은 미소를 지을 수 있게 만들어주는 사람. 그 사람에게마저 마음을 숨기려 해서는 안 될 터였다.

마지막으로 회식에 참석했던 날을 떠올려보았다. 그날도 많은 이들에게 밖에서는 얼굴보기 힘들다며 서운한 말을 들었었지. 산악구조대 시절에는 그래도 조금은 더 자주 모였던 것 같은데, 생각해보니 그토록 따르고 좋아하던 선배들과 마지막으로 본 날 역시 1년이 다 되어가고 있었다. 철없이 어리기만 하던 첫 발령지 구조대 시절, 식구들과 수시로 머리를 맞대고 울고 웃던 시간들은 어느새 지난 추억 속에서만 만나볼 수 있었다.

현장에서 다치고 아픈 이들, 누군가의 일상에 일어나버린 비극을 수없이 마주해온 시간 속에서 어쩌면 나는 무뎌지고 싶지 않다는 고집의 일념으로 단 한 번도 그 슬픔을 마주함에 있어 고개를 돌리지 않았고,

어쩌면 흘려보내지 못한 그날의 아픔들이 내 안에 작은 틈새를 만들어왔는지도 모르겠다. 그리고 조금씩 벌어진 그 틈새는 어느새 지울 수 없는 깊은 골이 되어, 타인과의 관계에까지 닿지 못한 채 나를 너무도 외로운 사람으로 만들어가고 있는 건 아닌지.

한없이 차갑기만 했던 친구의 목소리가 떠올랐다. 또다시 가슴이 먹먹해져 왔다.

이건 아니라고, 무언가 잘못되었다는 생각이 내 마음을 메워가고 있었다. 대체 나는 무엇을 위해 달려온 것일까. 내 인생에서 가장 중요한 것은 무엇이었을까.

내 마음속 깊은 곳에서 작은 울림이 전해졌다. 내가 외로운 것은 괜찮다. 외로움은 나에게 가장 친근한 이름이 되어 있었다. 외로움이 두려운 것이 아니라, 다만 나의 소중한 이들에게 서운함을 느끼게 하는 일은 그만둬야겠다.

지금 이 순간 나는 행복하지 않다는 확신이 들었다.

아프면 아프다고, 힘들다고 말이라도 하는 편이 낫겠다. 나를 아껴주는 이들에게, 힘들지만 이겨내려 애쓰고 있다는 소식이라도 전해야겠다. 필요 이상의 고집과 감성이 문제라면, 그 문제를 핑계 삼아 소주라도 한잔 함께 마셔야겠다. 그렇게 조금씩이라도 내 마음의 골을 메워가야겠다. 그래야 할 것 같다고. 아니, 이제는 그래야겠다고. 반드시 그럴 것이라 다짐했다.

내가 잘해낼 수 있을까.

깊은 새벽의 냉기와 어둠 속에서 스스로에게 물음을 던지며 숨을 깊이 들이마셨다. 대답 대신 하얀 입김이 흘러나왔다. 차고 안의 방수 처리가 된 녹색 바닥 위에서, 많은 소방차들은 여전히 묵묵히 정면만을 응시하고 있었다. 정겹다 여겨온 모습들이 한

없이 멀게만 느껴졌다.

혼자 이겨내려 애쓰는 것이 나을까. 나에게는 그 편이 더욱 어울리지 않을까. 어둠을 수놓는 하얀 입김에, 깊은 한숨이 묻어나고 있었다.

문득 담배가 피고 싶어졌다. 높이 5미터에 달하는 차고 셔터문의 개방 버튼을 눌렀다.

드르륵.

묵직한 모터 소리와 함께 거대한 셔터가 서서히 말려 올라갈 때, 나는 꺼내 물던 담배를 입가에 문 채 토끼 눈이 되어 멍하니 밖을 응시했다.

자정을 넘어서까지 얇은 비를 뿌리던, 구름 가득했던 흐린 하늘 대신 티 없이 맑은 하늘이 서서히 떠오르는 태양에 물들어가고 있었다.

조금씩 조심스럽게 차고 밖으로 발을 내딛었다.

한 발 한 발 나아갈수록, 도심 너머의 산등성이 너머로 뻗쳐오는 눈부신 햇살과 상쾌한 새벽 공기가 내 몸을 감쌌다. 누군가 나를 부르는 듯한 기분에 천천히 고개를 돌렸다. 빛에 감싸인 소방차의 붉은 광택들이 선명히 살아나고 있었다. 나도 모르게 미소가 번졌다.

생각지 못한 여명 아래서 나는 갑자기 생각난 듯 길게 기지개를 켰다.

담배는 주머니에 넣었다. 온몸의 지친 근육들을 힘껏 늘려 깨우기 시작했다.


밝아오는 햇볕 아래 차고 앞에 홀로 서서, 나는 내 안의 나에게 다짐했다.

다가오는 주말에는 반드시 부산에 내려가리라. 그리운 친구의 얼굴을 마주하고서 서운함으로 얽혀버린 실타래를 조금씩 풀어 가리라. 차갑던 전화기 너머의 목소리 대신, 나의 오랜 추억 속 푸근하고 따뜻한 웃음 가득한 친구의 얼굴을 떠올렸다.

당장은 아니더라도, 언젠가는 그 웃는 얼굴을 다시 볼 수 있을 거라 믿기로 했다.

주 중의 하루는 무리를 해서라도 선배들을 만나러 나가야겠다.

다시금 웃으며 오늘의 아침을 맞이하기로 했다. 어쩌면 잘할 수 있을 것이다.

아니, 반드시 잘해낼 것이다.

내 일상 속 행복은 그 누구도 아닌 스스로 직접 지켜내야 한 다는 것을. 어쩌면 너무나 오랫동안 잊고 지냈다.

다시는 잊지 않겠다. 그 어떤 날에도 결코 잊지 않겠다고 결연 한 마음으로 한 번 더 굳게 되새겼다.

소방차들을 향해 손을 흔들며 아침 인사를 건넸다. 내 얼굴에도 미소만이 가득히 번져가고 있었다.

　나는 허리와 어깨를 힘껏 펴고 차고 안으로 당당히 발걸음을

옮기기 시작했다.

# 소방관,
## 내 어린 날의 꿈에 관하여

나는 익숙한 내무실 이불 속에서 눈을 떴다. 눈부신 초여름의

아침 햇살에 잠시 헤매다 정신을 차리고 일어났다. 연산동에 자

리한 부산소방본부의 본관 뒤편에는 5층짜리 훈련탑이 우뚝 서

있었고, 그중 2층을 의무소방대원들의 내무실로 사용하고 있었

다. 나는 낯설기만 한 군복을 주섬주섬 입기 시작했다. 2년 전 육

군훈련소에서 마지막으로 입고 처음이다. 전날 정성스레 다려놓

앉음에도 영 어색하다. 오른쪽 어깨에 새겨진 전역 병장 마크를
보니 쑥스럽기도 하다. 오늘은 2년 2주간의 의무소방대원 복무
를 마치고 전역하는 날. 훈련탑을 나서다 문득, 건물 입구의 전
신 거울에 비친 내 모습을 잠시 들여다본다. 의무소방대원으로
전역을 하게 되는 날이 오다니. 수상구조대원으로서 해운대 바
다를 지켜내던 그 여름날들의 추억과 구급대원으로서 밤낮 없
이 사이렌을 울리며 달려가던 해운대소방서 시절이 떠오른다.
그립고 또 그리운 순간들. 그 위로 이곳으로 오길 간절히 바랐던
시간들도 천천히 겹쳐진다.


　부산소방본부. 의무소방대원 선발 최종 면접을 보던 날.
　"1001번 지원자 오영환 씨, 들어오세요."
　순서를 기다리는 지원자들 사이로 담당자의 목소리가 울려
퍼졌다. 1001번. 내 차례였다. 원서 접수가 시작되던 첫날, 아침

9시가 되자마자 소방본부 행정과 사무실로 방문하여 첫 번째로 접수했었다. 이를 꽉 깨물고 면접실로 걸어 들어갔다.

실내임에도 공기가 차가웠다. 면접관들의 질문 공세는 쉴 새 없이 이어졌다. 가족 관계는 어떻나, 왜 대학은 그만두었나. 내 신상에 관한 사소하고도 형식적인 질문들도 이어졌다. 날카로운 눈빛들이 나를 관통했다. 내가 무슨 대답을 하고 있는지조차 몰랐다. 진즉 우황청심환이라도 하나 마셔둘걸 하고 뒤늦은 후회를 했다. 등은 이미 땀으로 축축했다. 하지만 다른 방법이 없었다. 차라리 어깨를 더 곧게 폈다.

"음…… 너무 추상적인데요."

당황한 나를 바라보며 면접관이 말을 이어간다.

"뭐랄까. 추상적이면서 마치 외워서 준비한 느낌이 드네요."

다시 한 번 목소리에 힘을 실어 대답했다.

"저는 언제나 그렇게, 한결같은 마음으로 소방관을 꿈꿔왔습니다."

뻣뻣하게 군은 채 준비한 답을 쏟아내던 나는 단 하나만 생각하기로 했다.

'왜 소방관이 되고 싶었나?'

항상 가슴속에 품었던 물음. 수없이 되물으며 답을 찾았던 그 질문. 면접관이 아닌 나 자신에게 다시 한 번 되물을 차례였다.

정확히 언제쯤이었는지 기억은 나지 않는다. 다만 잊히지 않는 건, 그 순간의 강렬했던 확신이었다.

군인 장교였던 아버지는 내가 초등학교에 입학하기 전에 전역하셨다. 가계를 위해 사업을 시작하셨던 아버진 잇따른 실패를 맛봐야 했다. 때문에 조금은 가난에 가까운 환경에서 자라야 했지만 단 한 번도 불행하다고 생각한 적은 없었다. 몇 년간 네 식구가 단칸방을 전전하면서도 늘 화목했고 따뜻했다. 절망스러울 수 있는 상황인데도 부모님은 늘 웃는 얼굴로 두 살 터울의 누이와 나를 대하셨다. 내일은 오늘보다 조금이라도 더 나아질 거라는 희망을 잃지 않으셨다. 그래서 봉지쌀을 사오는 날에도 웃을 수 있었고 힘이 났다. 덕분에 우리 남매도 그늘 없이 밝게 자랄 수 있었다.

"다음 뉴스입니다. 어제 ○○시 ○○동 4단 상가 건물에 불이 나 인근 주민들이 모두 대피하고…… 소방대원들이 출동하여…… 사망자는 없었으나……."

고등학생 때였던가. 등교 준비를 하던 나는 거실에 켜놓은 텔레비전을 통해 거대하게 치솟는 불길을 보았다. 재래시장 안에 있던 낡은 상가 건물은 거대한 화염에 휩싸여 모든 구멍마다 시커먼 연기를 토해내고 있었다. 그리고 그곳에는 사람들이 있었다. 경찰들의 제지를 받으면서도 상인들은 울부짖으며 무작정 달려가려 했다. 안 된다고, 안 된다고 외쳤다. 무너져 내리는 삶의 터전을 향해 목 놓아 울었다.

주저앉아 타는 울음을 내뱉는 상인 아주머니의 모습에 악착같이 두 남매를 키워온 나의 어머니가 겹쳐졌다. 통곡하는 중년 아저씨에게서 듬성듬성 흰머리가 난 나의 아버지가 보였다. 스쳐 지나갈 수도 있었던 그 순간이 나에겐 평생 잊을 수 없는 자극이 되었다. 이유는 알 수 없었다.

수년이 지난 지금까지도 명확하지 않다. 다만, 텔레비전에서 시선을 돌릴 수 없을 만큼 강력하게 나를 끌어당기는 것이 있었다. 그것은 사람이었다. 울부짖는 사람들. 어디서나 볼 수 있을 법한, 너무도 평범했던 그 사람들.

그리고 그들의 희망이 타오르는 화염에 무너지던 그날 그 순간. 맹렬하게 타오르는 불길 속으로 뛰어드는 사람들을 보았다. 무너지는 사람들을 끌어안으며 싸우고 있던 사람들. 18인치 고

물 텔레비전 화면을 가득 채울 만큼 거대하게 타올라 겁 많은 고등학생인 나를 더 움츠러들게 했던 불길.

쉼 없이 토해내며 하늘을 물들이던 시커먼 농연. 그리고 그에 맞서 너무도 얇고 빈약한 호스와 장난감같이 조그마한 관창으로 그 모든 것에 대항해 그들은 격렬하게 싸우고 있었다. 울며 쓰러지는 작고 여린 사람들을 대신해 싸우는 그들은 소방관들이었다.

화재 앞에 무너지는 사람들의 삶의 터전을, 작지만 한없이 소중한 희망의 발판을 대신 지켜내고 구해내려 전력을 다하고 있었다. 잔인한 재난의 현장에서 불길 속에 타오르는 절망과 뒤엉킨 눈물 그 모든 안타까운 것들을 진압하려, 그들은 최전선에서 있는 힘껏 맞서 싸우고 있었다.

나는 그 순간 가슴속 뜨거운 무언가가 뚜렷이 각인되는 것을 느꼈다.

작고 어린 고등학생이었던 내게 삶의 방향을 결정짓는 순간은 소방관이란 세 글자로 불현듯 찾아왔다. 나의 부모님을, 작지만 소중한 모든 이의 희망을 가장 가까운 곳에서 지켜내고 싶다고.

내 꿈을 향해 나아가는 첫 번째 단계. 의무소방대 선발을 위한 최종 면접.

나는 할 수 있다. 그 누구보다 잘해낼 수 있다. 수없이 되뇌며 그려왔다. 소방관이 된 나의 모습. 그 간절한 꿈을. 한없이 작고 초라했던 내가 세상 앞에 어깨를 펴고 누구보다 당당히 설 수 있게 만들어준 꿈. 대한민국 남자로 태어나 당연히 짊어져야 할 병역의 의무라면 나는 그 귀하고도 신성한 의무를 소방대원으로 짊어지고 싶었다. 그것이 내 운명이라 생각했었다. 그리고 지금을 넘어서면 나는 한 발짝 더 그 꿈으로 나아갈 수 있다. 다시 한 번 숨을 크게 들이쉰다.

시종일관 무관심한 표정이던 한 면접관이 고개를 들어 차갑게 물었다.

"지원자는 왜 소방관이 되고 싶었습니까?"

나는 떠올린다. 내가 소방관이 되고 싶었던 이유. 내 좁은 어깨와 작은 가슴에 처음으로 자부심이 자라나던 순간.

"저희 부모님처럼, 많은 어려움 속에서도 최선을 다해 살아가는 사람들. 당장 가진 것이 없지만 더 나은 내일을 꿈꾸며 살아가는 사람들이 가진 최소한의 발판을 지키고 싶었습니다. 사람들의 소중한 희망이 차마 감당키 힘든 위험에 처했을 때, 가장 먼저 달려가 가까이에서 손 내밀어 주는 사람. 저는 그런 소방관이 되고 싶습니다."

어쩌면, 다분히 추상적일지도 모른다. 아니 분명 추상적이지만 어린 날의 나는 그렇게 확신하고 있었다. 그리고 2015년, 일선 소방서의 최전선에 서 있는 오늘 이 순간에도 나는 변함없이 그 추상성을 마음속 깊이 간직한 채 달려 나가고 있다. 누군가의 일상이 불타고 무너져 내리는 순간에, 다치고 아픈 이들이 신음하며 우리의 손길을 절실히 기다리는 그곳으로.

어느덧 더 이상 어리지 않은 나이가 된 나는 대한민국 소방관으로서, 이 세상의 모든 소중한 사람들에게 끊임없이 달려가고 있다.

"저희 부모님처럼, 많은 어려움 속에서도 최선을 다해 살아가는 사람들.
당장 가진 것이 없지만 더 나은 내일을 꿈꾸며
긍정적으로 사는 사람들이 가진 최소한의 발판을 지키고 싶었습니다.
사람들의 소중한 희망이 차마 감당키 힘든 위험에 처했을 때,
가장 먼저 달려가 가까이에서 손 내밀어 주는 사람.
저는 그런 소방관이 되고 싶습니다."

# 단 하루의 태양을 기다리며
# 우리는 늘 달린다

나는 대한민국 소방관이다.

덧붙이자면, 서울특별시 소속의 지방 소방공무원으로 재직 중이다.

국민들은 소방관이라는 단어를 마주하면 흔히, 방화복과 소방호스 그리고 빨간 소방차를 떠올리곤 하지만 현장의 소방관들이 하는 일은 화재 진압 외에도 119구조대와 구급대, 그리고 현장 지휘대와 화재 조사팀 등 매우 다양한 분야로 나뉘어져 있다.
깊이 설명하자면 길고 복잡하지만 나는 단 한마디로 정의하곤
한다.

소방관은, 지켜내고 구해내는 사람들이라고.

그리고 소방관인 나는 글이 좋아서 쓴다.

소설가 김훈 선생님의 문장을 즐겨 읽던 한 청소년은 자라서
소방관이 되었다.

화재와 구조 구급의 최일선에서 애써왔던 시간, 내 젊은 날을
관통해온 순간들. 생사의 기로에서 울부짖는 사람들 앞에 소방
관인 나는 늘 다급했지만, 비극은 너무도 쉽게 자주 일어났으며
막아내고 지켜내는 것은 항상 어렵고 더디기만 했다.

누군가의 일상을 결국 지켜내지 못한 많은 날에 나는 흔히 차
고 뒤에서 혼자 울었다.

그러나 잦은 절망 속에서도 희망이라는 이름의 불꽃은 분연히 타오른다.

깊은 물 아래 가라앉은 어린아이의 손을 마주 잡을 수 있었던 날. 멈추었던 한 노인의 심장이 내 손끝에서 다시 뛰던 날. 걷고, 숨을 쉬고, 밥을 먹던 날.

타오르는 불길과 연기 아래 꺼져가는 마지막 숨소리에 귀 기울이며, 최후의 순간까지도 포기해선 안 되는 이들이 소방관이기에 우리는 몇 번을 넘어져도 다시 일어나야 하는 숙명을 지녔다.


백 년의 어둠이 이어진다 해도 단 하루의 태양을 기다리며 우리는 늘 달린다.

소방서 출동 벨 소리의 간격에는 규정된 바가 없기에 우리는 식당이나 화장실, 샤워실에서도 자주 달려 나갔고, 기동화는 쉽게 닳기 마련이었다. 그 분주했던 발걸음의 사연들을 하나씩 꺼내어 내 삶이 향하는 곳에 내어놓으려 한다.

글쓰기에 소질이나 재능이 없는 것을 깨달은 지는 이미 오래지만, 부족하나마 소방관의 글과 문장으로써 내가 목도해야 했던 절망 속 희망을 조심히 말하고 싶다.

게으른 탓인지, 문장 한 줄에 들이는 시간이 한참이었다. 쓰고 지웠다가 다시 쓰는 시간은 늘 힘겹고, 읽는 이들에게 글로써 다가가는 기쁨은 쑥스럽고 낯설다.

그저 현장을 달리는 소방관의 독백을 천천히 담아내다 보면, 언젠간 희망에 관한 이야기를 한 편 지을 수 있는 날이 오지 않을까. 그런 꿈을 꾼다.

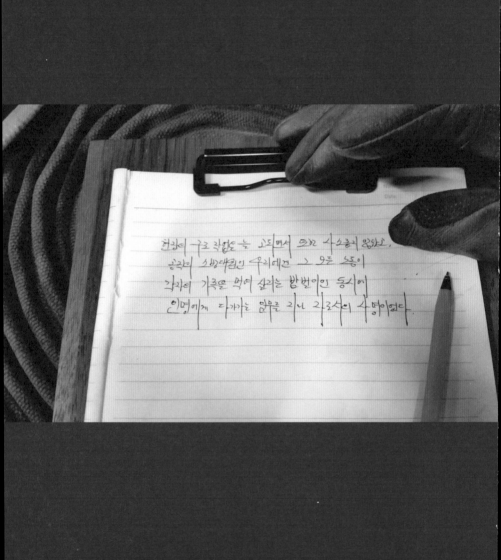

현장의 구조 작업은 늘 고되면서 또한 사소롭지 않았고,

공직의 소방대원인 우리에겐 그 모든 노동이

각자의 가족을 먹여 살리는 밥벌이인 동시에

인명에게 다가가는 임무를 지닌 자로서의 사명이었다.